目次

※この作品は竹書房文庫のために
書き下ろされたものです。

第一章　憧れ妻のたくらみ

1

町役場の中は職員も少なく、閑散としていた。やけにだだっ広く感じるほどに。

（前はもっとひとが多かったよな……）

萩原康太郎《はぎわらこうたろう》は入り口の自動ドアを通ったところで佇《たたず》むと、長いカウンターの向こう側、各課ごとに固まったデスクの島を眺めた。人間だけでなく、課も統合されて少なくなり、島と島のあいだも広くなっていた。

ここは北陸の田舎《いなか》町、T県上草《かみくさ》郡奥山町《おくやままち》だ。海沿いではなく内陸部で、山に囲まれた自然が豊かな土地である。

実際、奥山町の多くを占めるのは山地であり、次が田んぼや畑といった農地だ。住宅地や商業地は、面積だけなら二割にも達しない。

康太郎は高校を卒業するまで、この地で暮らしたのである。

学校の成績は常に上位で、彼は中学高校と生徒会役員を務めた。それがきっかけというわけではなかったものの、政治家になることを志して上京、有名私立大学の政経学部に入学した。

大学を卒業すると、康太郎は指導教官の紹介で、都議会議員の秘書になった。机上で政《まつりごと》の理想を論じるより、政治の世界を間近で見たほうが勉強になると考えたのだ。

その頃は、いずれ故郷に戻って国会議員か、あるいは県知事、せめて県議会議員ぐらいにはなってやろうという野心を持っていたのである。

ところが、秘書になって一年も経たないうちに、政治の裏側の汚れた部分を、多く目にするようになった。

都民の生活など顧《かえり》みようともせず、自らの保身に躍起な議員たち。立候補の推薦を巡る党内での駆け引きと、乱れ飛ぶ札束。利権絡みの結託は日常茶飯事で、権力におもねり、不正をためらわない有権者も多い。

そこには、康太郎が求めていた理想も信念も、それから正義すらも、何ひとつ存在していなかったのだ。

彼が三年で秘書を辞めたのは、絶望したからである。勉強になったのは確かながら、すべては知りたくも学びたくもなかった事柄ばかりであった。

とは言え、まったく抵抗しなかったわけではない。納得できないことは先輩の秘書や、議員本人にも問い質《ただ》した。

しかし、彼らの答えは常に同じであった。

お前はまだ若い。青くさい理想に縛《しば》られて、現実を受け入れられないのだ。康太郎は侮蔑交じりに突き放された。

これが現実だというのなら、政治などくそ食らえだ。康太郎は躊躇《ちゅうちょ》なく辞表を提出した。

それでも、東京が駄目なら故郷に戻り、地方から政治を変えてやろうという気概も、少なからずあったのである。ところが、地方のほうが企業との癒着や不正、利権絡みの忖度《そんたく》が酷《ひど》いと、事情を知る者から教えられた。おかげで、すっかりやる気を失ってしまった。

決して彼の話を鵜呑《うの》みにしたわけではない。その手の話は、帰省するたび耳にしていたから、やっぱりそうなのかと納得せざるを得なかったのだ。

志半ばで挫折した身ゆえ、田舎に帰るのはためらわれた。康太郎は秘書をしていた議員の口利きで、関東ローカルの放送局に再就職した。

その事実もまた、彼を落ち込ませた。あれほど嫌っていた権力に頼り、職にありついたのである。自分も同じ穴のムジナだと、自己嫌悪を募らせることになった。

放送局では、事業宣伝部に所属した。広告収入のために営業をし、番組の広報を手がけることもあった。完全に裏方であり、政治家として表舞台に立つという夢とは、真逆の仕事であった。

だが、そのほうが気が楽だった。

六年が過ぎ、そろそろ責任ある仕事を任されるようになった頃、早期退職者の募集があった。放送業界も不況で、広告収入が激減していたのだ。

対象の年齢ではなかったのに、康太郎が募集に手を挙げたのは、議員のコネで入社したことが引っかかっていたためもあった。都会暮らしにも疲れたし、故郷を懐かしむ気持ちも年々強まっていた。

もう三十一歳。ここらが潮時であろう。決心して、田舎に帰ることを選択したのである。

両親は健在で仕事もしており、まだ隠居する年齢ではない。だからと言って寄生するつもりはさらさらなく、落ち着いたら仕事を探すつもりでいた。

康太郎は大学で、社会科の教員免許を取得した。さすがにこの年で本採用は無理だろうが、講師の仕事ぐらいなら得られるのではないか。

東京では浪費などしなかったから、貯えもある。焦る必要はなかった。

かくして、故郷に骨を埋めるつもりで帰ってきたにもかかわらず、転居の手続きで町役場を訪れた康太郎は、著《いちじる》しい虚無感に陥《おちい》った。

（おれ、東京で何をやってきたんだろう……）

都落ちの身であることを実感したのは、すっかり寂れたふるさとの現実を目の当たりにしたからだ。

人口は年々減っている。若者は地元に定着することなく都会へ出て、高齢化が進んでいることも知っていた。

けれどそれは、あくまでも数字上のことだ。肌で感じていたわけではなかった。

上京前には、役場にはもっと多くの職員が働いていた。訪れる町民も多く、ザワザワして賑やかであった。

その職員が、今は半数近くに減っているのではないか。帰郷するまで働いていた放送局もそうだったが、お金がなければ雇う人間を減らすしかない。税収が減っていることを、役場内の光景が如実に示していた。

以前よりも活気をなくした故郷の現実を突きつけられ、こんなところに帰るまで落ちぶれたのかと、自虐的な思いが募る。役場の中だけではない。通りに面した商店も、多くがシャッターを下ろしていたのだ。

康太郎はやり切れなさを噛《か》み締めつつ、転入届に必要事項を記入した。住民課の窓口に提出すると、

「承りました。少々お待ちください」

二十代と思《おぼ》しき女性職員が受理してくれる。役場内に若者は彼女と、他に二名ほど見えるだけ。他はほとんど四十代以上のようだ。

(このひとたちが定年を迎えたら、退職金でまた支出が増えるんだろうな)

町の財政が逼迫するのではないかと気にかかる。うまく世代交代ができないと、役所の業務にも支障を来《きた》すであろう。

そんな先のことも考えて、暗い気分になる。帰ってきて正解だったのかと、今さら後悔を覚えた。

しかしながら、東京に引き返すのはもっとご免だ。戻ったところで、長いものに巻かれるばかりで何もできず、自己嫌悪がぶり返すだけであろう。

(ここで仕事を見つけるのは、難しそうだな)

町内に仕事がなければ、同じ郡内の他の町か、郡の隣の市まで出向くしかあるまい。あそこは人口も多いし、アルバイトぐらいならすぐに見つかるだろう。

そんなことを考えながら、ベンチ席に坐って手続きが終わるのを待っていると、

「萩原君じゃない？」

いきなり声をかけられ、ビクッとなる。

「え？」

顔をあげると、同世代ぐらいの女性が笑顔を見せていた。

「——あ、小田嶋《おだじま》先輩」

一瞬の間を置いて名前を口にすると、彼女が嬉しそうに目を細める。

「よかった。憶えててくれたんだね」

忘れるはずがないと、喉まで出かかった言葉を呑み込む。なぜなら、彼女——小田嶋麗子《れいこ》は、高校時代に所属した文芸部の先輩であり、康太郎の憧れだったからだ。

いや、全校男子生徒の憧れと言っても過言ではなかろう。使い古された言い回しながら、学園のマドンナという称号がぴったりくる。

(変わってないな、小田嶋先輩……)

恋愛映画のヒロインに選ばれてもおかしくない、綺麗な顔立ちはそのままだ。

三十代と大人になって、いっそう美しさに磨きがかかったふうでもある。淡いグリーンのシャツにジーンズと、ごくシンプルな装《よそお》いながら、彼女のまわりだけ輝いて見えた。

康太郎が入学したとき、麗子は三年生だった。よって、一緒に高校生活を送れたのは、わずか一年のみ。同じ文芸部だったとは言え、三年生は二学期の半ばで引退したから、実質半年程度の付き合いだったわけである。

それなのに、名前と顔を憶えていてもらえたのは、康太郎こそ光栄であった。彼女が高校を卒業してから、十四年も経っているのである。

(先輩は、もう三十三歳なんだよな)

肌も綺麗だし、髪を明るく染めていることもあって、二十代でも通用しそうに若々しい。それでいて全身から漂う色気は年齢相応なのだから、まさに鬼に金棒というところか。

「あの、小田嶋先輩は――」

近況を訊ねようとすると、麗子が首を小さく横に振る。

「実はね、もう小田嶋じゃないの」

「え?」

「結婚して苗字が変わったのよ。今は石川《いしかわ》麗子なの」

これに、康太郎は衝撃を受けた。

(小田嶋先輩が、結婚──)

べつに結婚していてもおかしくない年齢なのである。けれど、彼女は憧れのひとで、しかも再会したばかりなのだ。その出端《でばな》をくじかれたというか、出会い頭に一撃を喰らった気がした。

だからと言って、麗子が結婚していなかったら、いい関係になれるというものでもない。

高校時代のあれは美しい先輩に惹かれただけの、文字通りに憧れであった。好きだと伝えたわけではなく、そんな度胸もない。もちろん、今だって。

康太郎が味わった衝撃は、好きなアイドルに恋人がいたと知り、ショックを受けたのと似たようなものだろう。それでも、故郷の寂れた姿に気持ちが沈んでいたところに、昔と変わらず美しい彼女と出会って、気持ちが上向いたのも事実だ。

見れば、麗子の左手の薬指には、人妻の証《あかし》である指輪があった。最初からそれに気がついていれば、余計な期待も落胆もせずに済んだのに。

「萩原君は、まだ独身なんでしょ？」

「はい……」

「彼女はいるの？」

「いえ、いません。仕事が忙しくて、そういう余裕がなかったので」

それは言い訳に過ぎなかった。女性に対して積極的になれなかったため、気になる異性がいても声をかけられなかったのだ。

ただ、議員秘書時代には、夜の店に連れられていくことが多かった。裏方とは言え、放送局という華《はな》やかな業界にもいたから、異性とのその場限りの交流は、ちょこちょことあったのである。

よって、経験こそ少ないが、童貞ではない。なのに女性の前だと一歩引いてしまうのは、高校時代のとある出来事が尾を引いているからであろう。

ともあれ、

「そっか。放送局に勤めてるんだものね」

麗子にうなずかれ、康太郎はまた驚いた。

「え、どうして知ってるんですか？」

「そういう話って、自然と伝わってくるのよ。狭い町だもの」

確かに康太郎も、帰省するたびに母親から、誰それが結婚しただの、どこに勤めているだのといった話を聞かされた。人間関係が密な田舎では、よくあることだ。

「その前は議員秘書をしてたんでしょ？」

「ええ、まあ」

「そう言えば、どうして帰ってきたの？　お盆でもないのに」

訊ねられ、康太郎は我知らず眉をひそめた。

「放送局、辞めたんです。早期退職者の募集があったから、いい機会だしこっちに戻ろうと思って」

「本当に？　じゃあ、ずっとこっちにいるのね」

麗子の表情が、パァッと明るくなる。歓迎されているのだとわかり、康太郎は嬉しかった。

(先輩、喜んでくれてるみたいだぞ)

たとえ人妻でも、彼女と交流が持てるのなら、こんなに嬉しいことはない。少しも希望の持てなかった故郷での生活に、ようやく明るい兆しが見えた気がした。

「今、転居届を出したところなんです」

「そうなんだ。これからまたよろしくね」

右手を差し出され、康太郎はちょっと怯《ひる》んだ。握手を求められたのはわかったが、憧れだった先輩の手を握るのは畏《おそ》れ多い気がしたのだ。

それでも、応えないのはかえって失礼である。遠慮がちに握れば、麗子の手はうっとりするほど柔らかく、温かだった。

「先輩も、役場に用事だったんですか？」

照れくささを誤魔化すために質問すると、彼女は手を離すことなく答えた。

「ええ。ちょっと問い合わせたいことがあってね」

はぐらかすように答え、康太郎の手を強く握る。

「萩原君、やっぱり男だね。大きくて力強いわ」

感心した面持ちで言われ、気恥ずかしくなる。

「いや、べつに普通ですよ」

むしろ男としては頼りないほうだと自覚していたぐらいだ。お世辞なのだとわかりつつも、悪い気はしなかった。

すると、麗子が何かを思いついたふうに、「あっ」と声を洩《も》らす。

「萩原君、今夜って空いてる？」

「え？　ああ、はい。特に用事はありませんけど」

「わたしのウチで飲まない？」

「え、先輩の？」

「ほら、わたしたちの関係って、高校までだったでしょ。オトナの付き合いってなかったから、そういうのもしてみたいじゃない」

康太郎が胸を高鳴らせたのは、「オトナの付き合い」をアダルト的に解釈してしまったからだ。

（――って、そんなことあるわけないじゃないか）

彼女は人妻なのである。アダルトビデオや官能小説じゃあるまいし、そうそう都合よくエロチックな展開になるはずがない。

（そうだよ……先輩は、そんなひとじゃないんだから）

妙なことを期待するのは先輩自身と、大切な思い出を穢《けが》すのにも等しい。慎まねばならない。

そもそも家で飲むということは、彼女の夫もいるのである。おそらく、後輩を紹介するつもりで招待したのだろう。

「いいですね。おれも先輩と飲みたいです」

平静を装いつつも、動悸《どうき》がなかなかおとなしくならなかったのは、握手したままだったからである。緊張で手のひらが汗ばむのを悟られたらどうしようと、そんなことも気になった。

「じゃあ、決まりね」

ニッコリとほほ笑んだ麗子に、康太郎も自然と頬を緩めた。

「あれ。そう言えば先輩の家って、隣町ですよね」

確認すると、彼女が「実家はね」と答える。

通っていた高校は郡内トップの進学校で、奥山町の隣町にある。麗子はそこの出身だったのだ。

「あ、そうか。結婚されたんですもんね。じゃあ、今は旦那さんの実家に住んでるんですか?」

夫が奥山町の出身かと思ったのである。

「ううん。この近くの県営住宅よ。旦那はT市の出身で県職員なんだけど、今はこっちの支所に勤めてるの」

「あ、そうなんですか」

T市は県庁所在地である。彼女が高校卒業後、T市にある短大に入ったことは知っていた。

(旦那さんとは、同じ職場で知り合ったのかな?)

今夜紹介してもらえれば、馴れ初《そ》めもわかるであろう。

「先輩はお仕事をされてるんですか？」

「短大を出て就職したけど、結婚退職したの。今は専業主婦よ。ただ、まったく外に出ないってわけじゃないわ」

そうすると、パートの仕事でもしているのか。訊ねる前に、麗子が握手の手をはずした。

そして、今度は小指を立てて差し出す。

「それじゃ、指切り」

「え？」

「今夜、絶対に来てよ」

そんな子供じみた約束をしなくても、すっぽかすつもりはさらさらない。とは言え、指切りは握手以上に親密な繋《つな》がりを示すように思えて、胸がはずんだ。

「もちろんです」

きっぱりと答えて、康太郎も小指を出した。彼女のものにしっかりと絡みつける。

「指切りげんまん嘘ついたら針千本のーます」

麗子が歌うように言う。康太郎はさすがに恥ずかしくて合わせられなかったけれど、最後の「指切った」だけはちゃんと声に出した。

そんなふたりを、書類を受け付けた住民課の女の子が、不思議そうに眺めていた。

2

約束した午後七時きっかりに、康太郎は県営住宅を訪れた。

昔でいう長屋みたいな平屋の建物が、何棟か並んでいる。ただ、古くも貧乏くさくもなく、見た目はわりあいに新しい。

(改装したみたいだな)

そこに県営住宅があるのは知っていたが、外観は昔のままではなかった。中もリフォームされているかもしれない。

横長の住宅は、ひと棟に二世帯が入居しているようだ。昼間教えられた部屋番号を探せば、果たして「石川」という表札が出ていた。

呼び鈴は見当たらなかったので、ドアをノックする。

「はーい」

返事がして十秒も待たずに、エプロン姿の麗子が顔を出した。

「いらっしゃい、萩原君」

「あ、こんばんは」

「どうぞ。入って」

「はい。お邪魔します」

玄関を入ってすぐがキッチンで、料理の真っ最中だったらしい。揚げ物のいい匂いが立ちこめていた。

彼女はシャツにジーンズと、役場で再会したときと同じ服装であった。そこにエプロンが加わっただけで、ぐっと奥様感が増す。きっと家事も得意なのだ。

「もうすぐできるから、ちょっと待っててね」

「わかりました。あ、これ、どうぞ」

康太郎が差し出したのは、日本酒の一升瓶であった。法事か何かのときにもらって手つかずのままあったものを、母親が持って行きなさいと寄越したのだ。

「あら、悪いわね。気を遣《つか》わせちゃって」

「いえ、余り物ですから」

「どうもありがとう。じゃあ、こっちに来て」

康太郎は奥の部屋へ通された。そこは八畳ほどの洋間で、リビングとして使われているようだった。

三人掛けのソファとローテーブルがあり、向かいの壁際には大画面のテレビ。予想したとおり内部も改装されており、壁紙も床板も新しい。

「あの、旦那さんは？」

そこに誰もいなかったものだから訊ねると、

「いないわよ」

麗子が表情を変えることなく答える。

「え、いないって？」

「今週は県庁で研修と会議があって、ずっとT市に行ってるのよ」

さらりと告げられ、康太郎は「あ、そ、そうなんですか」と、戸惑いを隠せずにうなずいた。

「じゃあ、そこに坐って待っててね」

「わかりました……」

キッチンに下がる彼女を見送ってから、ソファに腰を下ろす。途端に、妙に落ち着かなくなった。

（てことは、先輩とふたりっきり？）

夫がいないのに、他の男を部屋に招くなんて、許されるのだろうか。後輩だからかまわないというものではないだろうに。

などと道徳的なことを考えたのは、康太郎自身がよからぬ期待に胸をふくらませていたからであった。それこそアダルト方面の人妻ものにありがちな、誘惑からベッドインの展開を想像せずにいられない。

(——いや、だから、考えすぎだっての)

頭の中に麗子のヌードが浮かびかけたところで、康太郎は妄想を振り払うべく、頭をぶんぶんと振った。

夫がいないから後輩を招いたのは事実でも、それはひとりで過ごすことが不安で寂しいからではないのか。肉体的にではなく、心情的に。

だからこそ、思い出話に花を咲かせて、気を紛らわせようとしているに違いない。むしろ、いちいち淫らな方面に想像をかき立てられる自分自身が、欲求不満であると言えよう。

(まったく……おれってやつは)

思いがけず憧れの先輩と再会して、浮かれた部分もあったろう。だからと言って、たとえ脳内でも辱《はずかし》めるのは、麗子に失礼である。

康太郎は深く反省し、リビング内を見回した。

部屋の中は綺麗に片付き、塵《ちり》も埃《ほこり》もない。掃除が行き届いていることが窺える。やはり先輩は、家事が得意なのだ。

サイドボードの上には夫婦の写真と、手作りらしき小物が飾られていた。新婚っぽい雰囲気もあるが、昼間ちょっと訊ねたところ、結婚して五年になるという。

(今でもラブラブって感じだな)

だからこそ、夫がいないことが寂しくて、たまたま会った後輩に声をかけたのだ。

「お待ちどおさま」

それほど待つことなく、麗子が大きなトレイを手に現れる。手作りの肴《さかな》をローテーブルに並べると、

「ビールでいい？」

と、康太郎に訊ねた。

「あ、はい」

「じゃあ、持ってくるわね」

彼女は再びキッチンに下がった。

(ああ、美味《おい》しそうだ)

手作りの料理を、康太郎は感動して眺めた。

揚げ物の匂いから予想したとおり、好物の唐揚げがある。そのお皿には、ポテトフライも添えられていた。

あとはアボカドとキュウリのサラダと、ニンジンと絹さやが色を添える肉じゃがの鉢。名前はわからないが、キノコ料理もあった。

東京の独り暮らしはほとんど外食で、たまに自炊してもインスタントに毛が生えたような、簡単なものばかりだった。家庭料理に飢えていたこともあり、空腹の胃がぐうと鳴る。

しかも、こしらえてくれたのは、憧れだった美人の先輩なのだ。これほど嬉しいことがあるだろうか。

よだれを垂らさんばかりに料理を見ていると、麗子が缶ビールをトレイに載せて戻ってきた。

「グラス、いる？」

「いえ、けっこうです。缶のままで」

「だと思って、持ってきてないんだけど」

悪戯《いたずら》っぽくほほ笑んだ先輩は、年上であることを意識させない愛らしさがある。康太郎は恋心がぶり返すのを覚えた。

(先輩が結婚していなけりゃな)

では、独身だったら告白したのかといえば、そんな度胸はないのだ。思いがけず再会できたのだって、彼女が結婚してこの町に住んでいたからなのである。

ままならないものだと胸の内で嘆息しながら、缶ビールを受け取る。そのとき、指がふれあったものだから、またどぎまぎした。

(まったく、おれってやつは)

いい年をして情けないと、自己嫌悪が募る。

そんな沈みかけた気持ちを引っ張り上げてくれたのは、麗子であった。エプロンをはずし、ソファのすぐ隣に腰を下ろすと、

「それじゃ、萩原君との再会をお祝いして、乾杯」

プルタブを開けた缶を、笑顔で差し出す。康太郎は焦って自分のものを掲げた。

「か、乾杯」

軽くふれあわせてから、口をつける。よく冷えたビールは、喉に心地よかった。

(ああ、旨い)

五臓六腑に染み渡るとはこのことだと、オジサンみたいな感想を抱く。麗子も缶を

口からはずすと、「ふう」とひと息ついた。

「美味しいわ」

目を細め、満足げな顔を見せる。

(大人だなあ)

自分も三十路《みそじ》を過ぎているのに、康太郎はそんなふうに感じた。高校生だったあの頃以上に、彼女はずっと先を歩んでいるようだ。

一方、自分はまったく成長していない。

(何をやってるんだろう、おれは……)

政治家になることを早々に諦め、放送局の仕事もたかが五、六年しか続かなかった。せっかく上京しながら、満足な結果を何ひとつ残せなかったのだ。

たとえ仕事をしていなくても、こうして家庭を守っている麗子のほうが、ずっと大人に思えるのは当然である。まさに地に足がついている感じがした。

(おれはこれから、何をすればいいんだろう)

まだ何も決まっていないが、果たして決められるのであろうか。そもそも、何がしたいのかすらわかっていないのに。

焦燥感に苛《さいな》まれたとき、

「さ、たくさん食べてね。作りすぎちゃったから」

麗子に言われて我に返る。

「ああ、はい。いただきます」

箸《はし》を受け取り、まずは唐揚げからいただく。サクッとした歯ごたえに続いて、口の中に鳥の脂《あぶら》がじんわり広がった。

「あ、美味しいです」

頬を緩めて告げると、彼女が白い歯をこぼした。

「気に入ってもらえてよかったわ」

市販の唐揚げ粉を使っていないのは、食べてすぐにわかった。優しい味つけがしっかり染み込んでおり、粉の加減も絶妙だったのである。

「小田嶋先輩は——」

つい旧姓で呼んでしまい、康太郎は言い直した。

「ええと、石川先輩は」

「それ、呼び慣れていないから言いづらいでしょ？」

麗子が小首をかしげる。

「ええ、まあ」

「わたしも、萩原君から今の苗字で呼ばれると、なんだかしっくりこないのよね。だから、下の名前で呼んでよ」

このリクエストに、康太郎は戸惑わずにいられなかった。女性を苗字以外で呼ぶことなんて、中学校に上がってからはなかったのである。ただひとりを除いて。

それでも、期待に満ちた眼差《まなざ》しを向けられては、応じないわけはいかない。

「あの、麗子先輩は」

口にした途端、背中が妙にくすぐったくなる。だが、彼女が嬉しそうにうなずいてくれて、気持ちが楽になった。

「麗子先輩は、料理が得意なんですね」

「んー、得意ってほどじゃないけど、中学ぐらいから家の手伝いで晩ご飯とか作ってたし、ほら、高校ってお弁当だったじゃない。いつもじゃないけど、自分で詰めて持って行ったこともあるわ」

「え、そうだったんですか」

「ちなみに、わたしが初めて母から教わって、作った料理が肉じゃがだったの」

などと紹介されては、箸をつけないわけにはいかない。

煮崩れもせず、適度に火の通ったジャガイモはほくほくで、肉の旨味と実によく合う。調味料は、おそらく醤油と砂糖と酒ぐらいではないか。シンプルな味わいゆえ、いくらでも食べられそうだ。

「ああ、これも美味しいです」

「味つけは、最初に習ったときといっしょなのよ。簡単だから失敗することがないし、初めて自分で作れたのがうれしくて、週に二回ぐらい作ったわ」

「へえ」

「ただ、そのときはジャガイモとタマネギと豚肉しか使わなかったんだけどね。色合いが寂しいから、あとでニンジンと絹さやを追加するようになったの。あ、白滝を入れることもあるわ。今日はしてないんだけど、ジャガイモをさっと揚げてから煮ても美味しいのよ」

そうやって工夫をして、料理のレパートリーを増やしていったのか。

「萩原君は——」

言いかけて、麗子が呼び方を変える。

「康太郎君は、東京で独り暮らしだったんでしょ。料理ってしなかったの？」

おそらく、後輩に下の名前で呼ばせたから、自分もそうしたのだろう。だが、ふたりの距離が縮まったようで、いっそう親しみが湧く。

「しないことはなかったですけど、簡単なものしかできないんです。せいぜいカレーとかシチューとか。あれなら具を煮て、ルーを溶かすだけでいいので」

「そのぐらいでも、作れるのなら立派よ。包丁がちゃんと使えて、洗い物もするわけだから」

彼女はそう言ってから、やれやれというふうに肩をすくめた。

「その点、ウチの旦那は何もしないの。できないわけじゃない、やればできるなんて偉そうに言うんだけど、『やらない』も『できない』も結局は同じよ」

愚痴をこぼし、缶ビールを飲む。ふうとため息をついたから、もっと夫に家事を手伝ってほしいのではないか。

「ま、そんなことはどうでもいいわ。楽しくやりましょ」

一転、明るい笑顔を見せた麗子が、東京での仕事を訊ねる。

「議員の秘書をしてたんだよね。大変だった？」

「仕事そのものは、そんなに難しいことを任されていなかったので、大変ってほどじゃありませんでした。だけど……」

「だけど？」

怪訝《けげん》な顔をされ、政治の世界に幻滅したことを打ち明ける。あまり生々しいことは言えなかったが、麗子はなるほどという顔でうなずいた。

「そういうのって、どこでもいっしょなのね」

納得した様子だったから、こちらでも同じようなことを見聞きしたのではないか。

放送局で何をしたのかも訊ねられ、康太郎は簡単に説明した。

「事業宣伝部ってことは、CMを作ったりしたの？」

「そういうのは広告代理店の仕事なんです。おれは自社番組のスポットを手伝うとか、営業先に向けたプレゼンを考えたぐらいです」

「それもようするに、広い意味で広告っていうか、たくさんのひとにアピールする仕事なわけよね」

「まあそうですね」

そのとき、彼女の目が輝いたように見えたのは、気のせいだろうか。けれど、話題が高校時代の思い出に移ったため、康太郎は特に気に留めることはなかった。

気がつけば、ふたりとも缶ビールのロング缶を二本空けていた。

「まだ飲めるでしょ？」

「はい」

「ちょっと待っててね」

キッチンに下がる麗子を見送ったとき、康太郎の視線は、自然と彼女の下半身に向けられた。

（いいおしりだな……）

先輩である人妻の後ろ姿を目にしたのは、これが初めてではない。この部屋に来てからも、何度も見ているはずだ。

なのに、今になって硬い布が窮屈そうに張りついた丸みに惹かれたのはなぜだろう。

（おれ、酔ったのかな？）

アルコールには性欲を高める働きがあると、何かで読んだ記憶がある。康太郎自身は特に自覚したことはないものの、気が大きくなって振る舞いが大胆になるのは確かだ。

そのため、憧れの先輩に欲望を覚えたというのか。ビール二缶でそこまでになるほど、酒は弱くなかったはずなのに。

（だいたい、先輩は結婚してるんだぞ）

不埒《ふらち》なことを考えるんじゃないと、自らを叱りつけたところで、麗子が戻ってきた。

「ごめんね。ビールがあと一缶しかなかったの。チューハイならあるんだけど、どっちがいい？」

彼女が手にしていたのは、これまで飲んでいたものと同じ缶ビールと、アルコール度数が高めの缶チューハイであった。

(女性にアルコールがキツいやつを飲ませるのはよくないよな)

それに、酒に強いところを見せれば、男らしいと感心してもらえるかもしれない。などと、まだ大して飲んでもいないくせに見栄も手伝って、

「じゃあ、チューハイをいただきます」

と告げる。

「はい、どうぞ」

受け取った缶のプルタブを開け、康太郎はさっそく喉を鳴らして飲んだ。ところが、勢いよく流し込んだために、危うく噎《む》せかける。

「むふッ」

どうにかくぐもった咳ひとつで抑えたものの、今度はゲップが出そうになる。康太郎は、何度も唾《つば》を呑み込まねばならなかった。

そのせいで無口になったものだから、

「え、だいじょうぶ?」

麗子が心配そうな面持ちで訊ねる。

「は、はい」

どうにか返事をしたものの、苦しさと情けなさで目が潤んだ。

（くそ、かっこ悪いなあ）

憧れの先輩の前で何をやっているのか。失態を誤魔化すべく、再び缶に口をつけるなり、

「そう言えば、康太郎君って高校のとき、彼女いたの？」

予想もしなかった質問をされ、今度は飲みかけたものを吹き出すところであった。

「な、何ですか、いきなり」

焦り気味に返すと、彼女がきょとんとした顔を見せる。ついさっきまで高校時代の話をしていたのだ。いきなりでも何でもなく、自然の流れだと思っているらしい。へたに隠したら、後ろめたいことがあるのかと、要《い》らぬ疑いを抱かせるかもしれない。いい大人なのであり、彼女がいたかいないかぐらい、思い出話の延長にすぎないのだ。

「まあ、そこそこ仲のいい女子はいましたけど、彼女ってほどの関係にはならなかったです」

曖昧《あいまい》に答えると、麗子がすかさず具体名を出してきた。

「それって、同じ文芸部だった瑞紀《みずき》ちゃん？」

康太郎は動揺しかけたものの、妙な態度はかえって憶測を生むだろう。平静を装い、「そうですね」とうなずいた。

「同じ中学ですし、生徒会でもいっしょでしたから。それこそ、文芸部でも」

「うん。話が合う感じだったものね」

瑞紀とは、中原《なかはら》瑞紀。康太郎の、中学高校時代の同級生だ。

中学校に入学して、クラスが同じで席が隣になり、言葉を交わしたのが最初であった。その頃は、今ほどには異性に対して消極的ではなかったのである。

以来、読書の趣味が合ったこともあり、彼女とよく話をした。中学は文芸部がなく、部活動こそ別々だったが、委員会や生徒会で一緒になることもあった。

ふたりの距離は、高校の文芸部に入ったことでいっそう縮まった。二年生のときには中学と同じく生徒会の役員を務め、行事の準備などで遅くまで時間を共にした。

しかしながら、異性として意識することはなく、あくまでも気が合う友人であった。少なくとも、高校三年のあのときまでは。

思い出したくない過去が蘇《よみがえ》りそうになり、記憶の扉を閉める。瑞紀のことを、それ以上突っ込まれたくなかったから、康太郎は話題を変えようとした。

「ていうか、おれ、麗子先輩に憧れていたんですよ」

本人を前にして告げてから、まずかったかなと後悔する。あくまでも過去のこととして、軽い気持ちで打ち明けたつもりだったのに、彼女が驚きをあらわに目を見開いたからだ。

「え、わたしに？」

「あ、ええと」

うろたえた康太郎に、人妻がクスッとほほ笑んだ。

「ああ、そうだったのね。ふうん」

意味ありげにうなずいたから、思い当たるフシがあるとでもいうのか。

（ていうか、麗子先輩に惚れていた男子なんて、掃いて捨てるほどいただろうに）

彼らの熱い眼差しを、彼女がまったく気づかなかったとは思えない。自分はその大勢の中のひとりに過ぎないのだ。

そう考えると、気持ちがちょっとだけ楽になった。

「じゃあ、今だけ高校時代に戻ってみない？」

麗子の唐突な提案に、康太郎は戸惑った。

「え、高校時代に？」

「康太郎君が一年生で、わたしが三年生。場所はそうね、いつも文芸部の部会で使っていた集会室にしましょうか。その日はたまたま他の部員が休みで、わたしと康太郎君がふたりだけになったの。今みたいに」

最後の言葉に、康太郎はドキッとした。彼女とふたりっきりなのを、今さら思い知らされたからだ。

「さあ、どうする？」

「……どうするって？」

「目の前に、憧れの先輩がいるのよ。男だったら、しっかり告白するべきなんじゃないの？」

挑発的な問いかけに、軽い目眩《めまい》を覚える。ほろ酔いだったはずが、急激にアルコールが回ってきた気がした。

(さっきのチューハイのせいか？)

ストロングタイプだから、一気に酔ってしまったのか。いや、そうではない。目の前の魅力的な人妻に心を鷲摑《わしづか》みにされ、理性が危うくなっているのだ。

「ねえ、康太郎君、わたしに話があるって言ってたよね」

康太郎がなかなか言い出さないものだから、麗子が話を振ってくる。今からふたりは高校生なのだと、状況をはっきりさせるために。

しかし、本職の俳優じゃあるまいし、そう簡単に架空の設定に入り込めるものではない。というより、設定はフィクションでも、ふたりの関係はノンフィクションなのだ。どう振る舞うのが正しいのか、現実にどう影響するのか、彼女の意図がわからないから迷うばかりであった。

「あ、あの」

康太郎が言い淀んでいると、彼女が焦《じ》れったげに眉をひそめる。

「わたしは部活を引退するから、もう部会には来られないのよ。言いたいことがあるのなら、ちゃんと言ってちょうだい」

と、さらに切羽詰まったシチュエーションを与えてくる。

(先輩は、おれに好きだって言わせたいんだな)

自己満足のためなのか。それとも、単なるお遊びのつもりなのか。はっきりしないものの、期待しているのは目の輝きからわかった。

ならばここは、求められるままに振る舞うべきである。康太郎はすうと息を吸い込み、表情を引き締めた。

「おれ……先輩のことが好きだったんです。文芸部に入ってから、先輩のことばかり見てました」

こんな絵に描いたような告白をしたのは、生まれて初めてであった。芝居仕立てだったからできたのであろう。

ところが、言ってしまえばひたすら照れくさい。頬が燃えるように熱くなった。

「そうだったの。こんなわたしを好きになってくれたなんて、すごくうれしいわ」

麗子が感激をあらわにしてくれたことで、羞恥がすっと薄らぐ。キラキラした眼差しに、本当に高校時代に戻って、青春をやり直している気になった。

とは言え、現実と一緒で、すべて思いどおりになるとは限らない。

「でも、ごめんね。わたし、もう付き合っているひとがいるの。だから、康太郎君の気持ちには応えられないわ」

申し訳なさそうな面差しに、康太郎は心から落胆した。そもそもが叶《かな》えられるはずがないと、わかっていたにもかかわらず。

あの当時、麗子に恋人がいたなんて話は聞いたことがなかった。周囲に知られないよう、こっそり付き合っていた可能性もあるが、もしかしたら夫がいるという現実を、お芝居の設定に組み入れたのかもしれない。

ともあれ、ここは演技を続けるべきなのだろう。

「そうだったんですか……わかりました。おれ、先輩のことはすっぱり諦めます」

返答するなり悲しみが募り、涙がこぼれそうになったものだから、康太郎は焦った。

そこまで架空のシチュエーションに入り込んでいたのかと、我ながら驚く。あるいは、彼女を本気で好きだったということなのか。

すると、麗子が優しい微笑を浮かべた。

「ありがとう。わかってもらえてうれしいわ。素直で聞き分けのいい康太郎君が、わたしは大好きよ」

そんな返答にも、胸が大いにはずむ。これが現実なのか虚構なのか、どっちつかずの心境に陥って、気持ちがぐらぐらした。

だが、彼女が「大好き」と言ったのは事実である。

「ところで、康太郎君は彼女がいないって言ったよね？」

唐突と言っていい問いかけに、康太郎は目をぱちくりさせた。確かにさっき、高校時代には彼女なんかいなかったと答えたのだ。

「あ、ああ……はい」

「じゃあ、キスもしたことないの？」

一瞬戸惑ったものの、あくまでも高校生のときのことだと納得し、「はい」というなずく。

「だったら、わたしが体験させてあげようか？」

「え？」

「康太郎君はいい子だから、ご褒美ね」

「あ、あの」

「目をつぶって」

康太郎が瞼を閉じたのは、麗子が真剣な面差しだったからだ。ただの冗談で言っているとは思えなかった。

とは言え、本当にキスをするわけがない。おでこかほっぺたにチュッと唇を触れさせ、何を本気にしているのと、悪戯っぽく笑うに違いなかった。

そんな展開を、彼は思い描いていたのである。

3

顔の前に、何かが接近する気配がある。ほのかに漂う甘いかぐわしさは、人妻である先輩の匂いだった。

このとき、康太郎は密《ひそ》かにときめいていたものの、酒席でのちょっとした戯《たわむ》れというぐらいの意識だった。

(さすがに照れくさいな)

それでも、美しい先輩と親密になれるのだ。たとえ、すでに結婚しているのだとしても。

かすかな息づかいにもうっとりした心地になったとき、唇に触れるものがあった。

(あ、さては――)

康太郎は察した。それはきっと麗子の指なのだ。本当にキスしたように思わせて、驚かせるつもりなのだろう。

久しぶりに会った後輩をからかい、面白がっているのだと、康太郎はほほ笑ましく感じた。けっこう可愛いところがあるんだなと。

ところが、唇に触れたものがさらに密着し、そこから温かな風が洩れていることに気がついて動揺する。

(え、これって?)

もしかしたら、本当にキスをされているのか。恐る恐る瞼を開くと、果たして目を閉じた美貌がすぐ前にあった。

バクン――。

心臓が音高く鳴る。いったい何がどうなったのか、康太郎はフリーズしたみたいに全身を強《こわ》ばらせた。

(どういうつもりなんだ、先輩?)

唇の隙間から流れ込んでくる吐息には、ビールの風味がちょっぴり混じっている。それがやけにリアルで、康太郎は呼吸がしづらくなった。彼女に鼻息がかかるのではないかと、細かいことが気になったのである。

けれど、そんなことはどうでもよくなる事態に陥る。麗子が舌をはみ出させ、唇をチロチロと舐《な》めくすぐったのだ。

(え、えっ⁉)

驚いて、反射的に唇が緩む。すると、舌がぬるりと入り込んだ。唇の裏を舐められ、くすぐったさに歯を開くと、さらに奥まで侵入してくる。

気がつけば、康太郎も舌を差し出し、彼女のものに絡みつかせていた。腕も背中に回して、貪《むさぼ》り合うようなくちづけを交わす。

(……おれ、麗子先輩とキスしてる)

今さら実感がこみ上げ、目眩を起こしそうに昂《たかぶ》る。全身が熱くなり、荒ぶる鼻息を吹きかけようが少しも気にならなくなった。

長いくちづけは、一分以上も続いたのではないか。

「ふう」

唇をはずし、麗子がため息をつく。頬が紅潮し、堪能しきったふうに目がトロンとしていた。

「今のがオトナのキスよ」

囁き声で告げられ、康太郎はうなずいた。年上女性の手ほどきを受け、感激した面持ちになっていたに違いない。

(先輩は、まだ高校生になりきっているんだな)

「オトナの」という表現に、彼女の心境が表れている。いくら後輩でも、三十路を過ぎた男に使う言葉ではあるまい。

つまり、高校生ならまだ人妻ではないから、キスをしても許されるのだ。

そんなふうに短絡的な思考に陥ったのは、酔っているからだろうか。たくさん飲んだつもりはなくても、ストロングタイプのチューハイが効いたのか、頭がぼんやりしていた。酒ではなく、麗子とのキスに酔った部分もあったろう。

彼女のほうも、酔ったから大胆に振る舞えるのかもしれない。

「ねえ、キスだけじゃなくて、もっとイイコトも教えてあげようか」

さらに胸のはずむことを言われ、康太郎は天にも昇る心地を味わった。イイコトというのが男と女の親密な行為を示すのは、確認するまでもない。

是非とも教えてもらいたいというのが本音である。だが、返答に躊躇したのは、さすがにそこまでしたらまずいのではないかと我に返ったからだ。

しかしながら、そうやって現実に立ち戻ったのは、ほんの短い時間であった。昔と変わらぬ美しさと、色気を湛えた眼差しに吸い込まれ、気がつけば「お願いします」と答えていた。

「ふふ、エッチねえ」

淫蕩《いんとう》な笑みにどぎまぎしたのと、下半身に甘美な衝撃が与えられたのは、ほぼ同時であった。

「むはッ」

喘ぎの固まりが喉から飛び出す。股間をしなやかな指で握り込まれたのだ。

そうされて初めて、自身が猛々《たけだけ》しく勃起していたことに気がついた。

「あら、もう大きくなってたのね」

含み笑いで告げられ、顔が熱くなる。だが、募る悦《よろこ》びが羞恥をかき消し、牡《おす》のシンボルがいっそう充血した。

「あん、すごい。ビクンビクンいってる」

ズボン越しに砲身をしごかれ、康太郎はたまらず腰をよじった。

「あ、せ、先輩」

息をはずませると、彼女が嬉しそうに見つめてくる。

「気持ちいい？　経験がないから敏感なのね」

何気ない言葉に、康太郎はふと疑問を抱いた。

(まさか、おれが今でも童貞だと信じてるわけじゃないよな)

経験が少ないぶん、男として頼りなく映るのは事実だろう。だからと言って、東京で暮らしていたいい年の後輩が、まったく女を知らないとは思うまい。

おそらく、何もかもが初めての少年に、性の歓《よろこ》びを教えてあげるシチュエーションを愉《たの》しんでいるのではないか。ならば、自分もそれに合わせるべきだろう。

「だって……先輩の手が気持ちいいから」

「気持ちいいったって、ズボンの上からさわってるだけなのよ」

あきれたふうに言った麗子が、クスッと笑みをこぼす。

「ああ、そっか。直にさわってほしいのね」

納得顔でうなずき、いそいそとベルトを弛《ゆる》める。ズボンの前を開くと、

「おしりを上げなさい」

年上らしく命令した。

ペニスを見られるのは、もちろん恥ずかしい。だが、それより快感への期待が大きく、康太郎はためらうことなく腰を浮かせた。

ズボンとブリーフが、まとめて引き下ろされる。ゴムに引っかかった強ばりが勢いよく反り返り、下腹をぺちりと叩いた。

「まあ、立派じゃない」

麗子が目を見開く。脱がせたものを足先から抜き取るあいだも、そこから視線をはずさなかった。

おかげで、羞恥よりも誇らしさが増す。康太郎は膝を大きく離し、筋張った陽根を大胆に晒《さら》した。

「おおお」

たまらず声をあげたのは、柔らかな指が肉胴に巻きついたからだ。

「硬いわ。すごく元気なのね」

悩ましげに眉根を寄せた先輩女子が、握り手を遠慮がちに動かした。ムズムズする

快《こころよ》さが、身をよじりたくなる愉悦《ゆえつ》へと昇華される。

（うう、気持ちいい）

ソファの上で裸の尻をくねらせながら、康太郎はシャワーを浴びてきてよかったと思った。

もちろん、こんな展開を予測してではない。今日は暖かくて、役場に出かけただけでも汗ばんだから、訪問のエチケットとして汗と体臭を流しただけなのだ。

とは言え、股間は多少蒸れていたらしい。握られたところがベタつく感じがあり、申し訳なくなる。

すると、麗子がいきなり、ペニスの上に顔を伏せたのである。

（え⁉）

フェラチオをされるのかと、反射的に身構えた康太郎であったが、そうではなかった。彼女はふくらみきった亀頭に鼻を寄せ、クンクンと嗅いだのである。

「男の子の匂いがするわ」

後輩を見あげ、悪戯っぽく目を細める。

「わたし、この匂いが大好きなの」

愛らしくも淫らな告白に、握られたイチモツがビクンとしゃくり上げる。そのとき、康太郎はふと疑問を抱いた。

(先輩は、あの頃にはもう経験していたんだろうか?)

付き合っているひとがいるというのは、高校時代、実際にそうだったのか。だとすれば、その彼氏とセックスをしていても不思議ではない。

もっとも、この場でどうだったのかを訊ねるのはためらわれた。せっかくいい感じになっているのに、無粋《ぶすい》な質問で台無しにする恐れがある。

ここは後輩らしく、素直に身を任せるのが得策だ。そう判断したとき、麗子が舌を出した。

ぺろり——。

敏感な粘膜をひと舐めされ、腰がガクンと跳ねる。

「むふッ」

鋭い快美に、太い鼻息が吹きこぼれた。

「ふふ。やっぱり敏感ね」

彼女はなおも亀頭を舐め回し、温かな唾液で濡らした。それから口に入れ、ちゅぱちゅぱと吸いたてる。

「あ、あっ、ううう」

目がくらむ気持ちよさに、身をよじらずにいられない。慣れた舌づかいに翻弄《ほんろう》されたのも確かながら、憧れだった先輩にペニスをしゃぶられることに、タブーを犯した気分が高まる。

(ああ、こんなのって)

性欲が有り余る高校時代にだって、こんな場面は想像しなかった。先輩に不埒な欲望を抱くことを、畏れ多く感じたからだ。毎日オナニーをしていても、あの頃はまだ純真だった。

背徳感が愉悦をふくれあがらせる。舌先がくびれの段差を執拗にこするものだから、少しもじっとしていられなかった。

「あああ、せ、先輩」

早くも昇りつめそうになったものだから、情けなく声を震わせる。すると、チュッとひと吸いしてから、麗子が顔をあげた。

「イキそうなの？」

すべてを悟ったふうな笑みを浮かべられ、居たたまれなくなる。素直に認めるのはプライドが許さず、康太郎は咄嗟《とっさ》に話題を変えた。

「先輩は、おれにイイコトを教えてくれるって言いましたよね？」

「え？　ああ……そうだけど」

「おれ、女性のアソコを見たことがないから、先輩のが見たいんです」

これに、彼女は戸惑いをあらわにした。

「え、わたしの――」

「お願いします。大好きな先輩に、女性のすべてを教えてもらいたいんです」

真剣な表情で訴えると、麗子が顔をしかめる。設定した状況を逆手に取られ、まずい展開になったと悔やんだのではないか。

さりとて、自分から始めた手前、拒めなかったらしい。

「つたく、いやらしいんだから」

彼女はブツブツとこぼしながらも、唾液に濡れた強ばりから手をはずした。

ジーンズの前を開き、ヒップを浮かせて艶腰《つやごし》から剝《む》き下ろす。せかせかした動作だったのは、脱ぐところを見られるのが恥ずかしかったからであろう。

色白でむっちりした太腿《ふともも》があらわになる。甘ったるい肌の匂いが、色濃く漂った。

中に穿《は》いていたのは、明るい臙脂《えんじ》色のパンティだ。光沢があり、黒のレース飾りがついたお洒落《しゃれ》なランジェリーである。

(ひょっとして、最初からこうなることを想定していたんだろうか)

普段穿きとは思えない下着に、康太郎はコクッと生ツバを呑んだ。もしかしたら、後輩男子に見られてもいいように、これを選んだのではないかと思ったのだ。

「ほら、パンツは康太郎君が脱がせて」

麗子が不機嫌そうな顔つきで命じる。

「え、おれが？」

「最後の一枚を脱がせるのは、男の役目なのよ。憶えておきなさい」

年上らしく諭し、ソファの背もたれにからだをあずける。下半身しか脱いでいないのに最後の一枚と言ったから、上は脱がないつもりなのか。

それはともかく、さっきまでは親密な態度を示していたのに、やけに尊大な振る舞いだ。恥ずかしいところを見せることになり、照れくさいのであろう。

(だけど、セックスするつもりだったんだよな)

ならば性器を見せるぐらい、どうということはなさそうなのに。だいたい、康太郎のモノはじっくり見たのである。

だからこちらにも見る権利があるのだと、自身の要求を正当化する。

康太郎はソファからおりて、彼女の前に膝をついた。蒼《あお》い静脈がほんのり透けた、太腿の白さが眩《まぶ》しい。

「脱がせますよ」

パンティのゴムに両手をかけると、麗子はぴったり閉じていた腿を少し離した。そして、重たげなヒップをわずかに浮かせる。

臙脂色の薄物が女らしい美脚を通過するとき、康太郎は目撃した。クロッチの内側の、そこだけ綿素材になっているのか光沢のないところに、濡れ光る付着物があるのを。

他にも、糊《のり》が乾いたような痕跡があった。けっこう長い時間穿いていなければ、そこまで汚れないだろう。後輩を迎えるために取り替えたわけではないらしい。

ただ、乾いていない蜜汁は、まだ新しいようだ。もしかしたら、ペニスをしゃぶることで昂り、密かにこぼしていたのだろうか。

下着をじっくり観察したかったし、できれば匂いも嗅ぎたかった。しかし、そんなことをしたら先輩に咎《とが》められるのは必至だ。諦めなければならない。

(ていうか、実物があるんじゃないか)

パンティに執着しなくても、女体そのものを愛《め》でればいい。思い直して、康太郎は爪先から抜き取った薄物を脇に置いた。

膝に両手をかけて離そうとすると、抵抗がある。(え?)と思って顔をあげれば、麗子が唇を歪めていた。

「……本当に見るの？」

泣きそうに目を潤ませられ、ドキッとする。そんなに恥ずかしいのか。さっきまでの大胆な行動を振り返ると、意外でもあった。

そして、初めて彼女が見せたか弱さに、もっと泣かせたい、意地悪をしたいと、嗜《し》虐《ぎゃく》的な感情が芽生えたのである。

「見たいんです。先輩の大切なところを」

生真面目に告げると、麗子が小さなため息をつく。

「わかったわ……」

膝の力が緩んだので、迷うことなく下肢を大きく開かせた。

下着に押さえつけられて逆立った恥毛は、隙間から地肌が見える程度の生え具合だ。範囲も狭いようである。きちんとお手入れをしているというより、もともと薄いほうなのではないか。

おかげで、ぷっくりした陰部が縦に裂け、肉厚の花びらがはみ出した姿を、しっかりと目に捉えられた。

「ああん」

麗子が嘆き、下腹を震わせる。チラッと確認すれば、頰が真っ赤に染まっていた。

羞恥の反応も、牡の欲情を煽《あお》る。康太郎は漂う酸っぱい匂いを吸い込みつつ、先輩にお願いした。

「もっとおしりを前に出してください」

「うう……バカぁ」

なじりながらも、彼女は言うとおりにしてくれる。臀部《でんぶ》を前にずらしたばかりか、足をソファに上げて、大胆なM字開脚のポーズまでしたのだ。

(え、本当は見られたいのか?)

思ったものの、そうではあるまい。見たがっている後輩のために、文字通りにひと肌脱ぐ気になったのではないか。

そのくせ、康太郎が顔を寄せると、麗子は焦った口調で咎めたのである。

「そ、そんなに近づかないで」

「え、どうしてですか?」

「それは——」

言い淀み、涙目で下唇を嚙む。答えられずとも、康太郎は理由を察した。

(匂いを嗅がれたくないんだな)

家を出る前にシャワーを浴びた自分と違って、彼女は何も準備をしていないのだ。クロッチの裏地に、乾いた愛液が付着していたことからも明らかである。

よって、秘苑は正直すぎる臭気をこもらせているはず。そうとわかっているため、顔を近づけてほしくないのだ。

すでに康太郎は、なまめかしい女くささを嗅ぎ取っていた。だから気にしなくていいなんて、先輩に言えない。恥ずかしがって脚を閉じてしまうであろう。

「わかりました。じゃあ、さわってもいいですか？」

譲歩して訊ねると、コクリとうなずく。秘芯も同意するみたいにすぼまった。

花弁の狭間《はざま》に覗くピンク色の粘膜は、ヌメる蜜汁でいっそう生々しく、鮮やかに映える。そこに指を浅くもぐらせ、粘っこい露《つゆ》を塗り広げると、艶腰がビクンとわなないた。

「くうう」

麗子が呻《うめ》き、腰をくねらせる。ほんの軽いタッチでも感じているようだ。けれど、

「気持ちいいですか？」

問いかけには、「知らないッ」とそっぽを向く。呼吸をせわしなくはずませているから、間違いなくイエスなのに。後輩に弱みを見せたくないのだろう。

（可愛いな、先輩）

意地っ張りなところにも好感を抱く。もっと感じさせてあげたいし、恥ずかしがるところも見たかった。

ならば、するべきことはひとつだ。

康太郎が恥芯から指をはずすと、彼女は安堵したふうに息をついた。だが、目を合わせられないらしく、横を向いたままである。

それをいいことに、かすかに息吹く女体の中心に、そっと顔を接近させる。

ぬるい熱気さえ感じられるその部分は、オシッコの名残らしき磯くささが強い。その中に、発酵しすぎたヨーグルトみたいな、妙にそそられる酸っぱみがひそんでいた。

（これが先輩の——）

小鼻をヒクヒクさせ、淫らなフレグランスを堪能していると、

「ちょっと、何してるのよ？」

咎める声が頭上から聞こえた。

（あ、まずい）

康太郎は急いで秘苑に口をつけた。

「ば、バカっ、やめてッ！」

悲鳴じみた声をあげ、麗子が逃げようとする。康太郎は成熟した柔腰を両手でしっかりと抱え込み、恥割れのあいだに舌を入れて動かした。

「ああ、あっ、だ、ダメよぉ」

熟れ腰がはずみ、閉じられた内腿が不埒な頭を強く挟み込む。そんな抵抗も、もちもちスベスベの肉感触で、年下の男を喜ばせただけであった。

（ああ、美味しい）

粘っこくて、ほんのり塩気のあるラブジュースを、康太郎は貪欲にすすり取った。

ぢゅぢゅぢゅぢゅッ――。

はしたない音を聞かせられ、先輩女子が「イヤイヤ」とすすり泣く。

「そ、そこはしないで……汚れてるの、くさいのよぉ」

やはり素のままの匂いを暴かれたくなかったのだ。もちろん康太郎は、汚れているともくさいとも思わなかった。

これまで関係を持った異性の秘部を、舐めたことは何度かある。だが、相手はいつもシャワーを浴びたあとだったし、ボディソープの残り香ぐらいしかしなかった。

よって、あられもない恥臭を嗅いだのは、今日が初めてだ。しかも、相手は憧れていた美しい先輩なのである。

感激と昂奮《こうふん》で、舌の動きがいっそう激しくなる。隠れていた花の芽をほじり出し、吸いたてながらねぶると、

「ああっ！」

麗子が高らかな声をほとばしらせた。

「そ、そこはダメ。弱いのぉ」

弱点であることを自ら白状したのは、もっとしてほしいという願望の表れに違いない。勝手にそう解釈をして、康太郎はクリトリスを責め続けた。

「ううう、も、バカぁ、キライよぉ」

罵《ののし》りながらも、声の響きが甘えているふう。その気になれば逃げられるはずなのに、麗子は脂ののった下腹をヒクヒクと波打たせるだけであった。

康太郎も昂奮の極みにあった。そそり立ったシンボルが幾度も反り返り、下腹を打ち鳴らす。カウパー腺液が多量にこぼれているのは、肌が粘つく感触からわかった。

しかし、今は彼女を感じさせることが先決だ。できればイカせてあげたいと、舌を高速で律動させる。

「それダメ、イッちゃうからぁ」

切羽詰まった声音に、いよいよなのだとクンニリングスに熱が入る。一点集中の吸

い舐めが奏功したか、麗子は一分もかからずに頂上に至った。

「イクッ、イクッ、くぅううっ！」

全身をガクガクとはずませて、悦楽の極みに昇りつめる。汗ばんだ内腿が康太郎の頭をいっそう強く締めつけて、細かく痙攣《けいれん》したのがわかった。

「くはッ――」

大きく息をつき、脱力する。彼女は両脚を投げ出し、ソファからずり落ちそうになった。

それをどうにか支えて、仰向《あおむ》けで寝かせる。

「はぁ、ハッ、はふ……」

胸を大きく上下させ、オルガスムスの余韻にひたる先輩を、康太郎は感慨の面持ちで見つめた。

（……おれ、先輩をイカせたんだ）

初めて女性を知ったとき以上に、本物の男になれたのだという思いを著しくする。

瞼を閉じた美貌は、年齢を感じさせないあどけなさがある。愛《いと》しさがこみ上げ、康太郎は彼女の半開きの唇に軽くキスをした。

すると、麗子が目を開く。

「イッたんですね、先輩」

康太郎が確認しても、彼女は虚《うつ》ろな眼差しで見つめ返すのみ。何があったのか、ちゃんとわかっていない様子である。

それでも、思い出すなり「あっ」と声をあげ、狼狽《ろうばい》をあらわにした。

「こ、康太郎のバカっ、ヘンタイっ！」

後輩を呼び捨てで罵倒し、頬を染めて身を起こす。ひょっとしてビンタでもされるのかと、康太郎は思わずのけ反った。

さすがに手は出されなかったものの、麗子は憤まんやるかたない様子で、両手の拳を握りしめた。

「バカじゃないの？　洗ってないアソコを舐めるなんて。東京に行ったせいでヘンタイになったのね」

決めつけて、睨みつける。どうやら高校時代に戻ってのプレイはお開きらしい。

「ごめんなさい」

康太郎は素直に謝ったが、そのとおりだと認めるわけにはいかなかった。

「だけど、シャワーを浴びてない女性のアソコを舐めたのは、初めてなんです」

「え？」

「先輩のアソコが魅力的で、とってもいい匂いだったから、舐めたくなったんです」

麗子が不意打ちを喰らったみたいに落ち着きをなくし、目を左右に泳がせる。

「い、いい匂いのはずないでしょ。くさいだけなのに」

「そんなことありません。大好きな先輩の匂いだから、独り占めしたかったんです」

大真面目に訴えると、「わ、わかったから」と制止される。彼女はふうとひと息つき、濡れた目で見つめてきた。

「まったく……今度はわたしの番だからね」

「え？」

「わたしが康太郎君をイカせてあげる」

促されて、康太郎はソファに仰向けで寝そべった。すぐさま綺麗な手がのびて、股間の剛直を強く握る。

「あうぅっ」

康太郎はだらしなく呻き、膝をすり合わせた。

「さっきよりも硬いじゃない。わたしのくさいオマンコが、そんなによかったの？」

美人で聡明な先輩が、禁じられた単語を口にしたのである。衝撃と昂奮で、握られた分身が雄々しくしゃくり上げる。

「元気すぎるわよ、これ……」

悩ましげにつぶやいた人妻が、猛る牡棒をゆるゆるとしごく。物欲しげに唇を舐めたから、またフェラチオをしてくれるのか。

密かに期待したものの、顔が伏せられることはなかった。彼女は立ちあがってソファに片足をのせ、牡腰を跨《また》いだのである。

（え、それじゃ）

騎乗位で交わるのだとわかり、心臓の鼓動が早鐘となる。いよいよ先輩と結ばれるのだ。

ところが、麗子は康太郎と目が合うなりうろたえ、からだの向きを変えた。絶頂させられたことを思い出し、照れくさくなったのだろう。

そして、たわわなヒップを向け、背面騎乗でペニスを迎え入れる体勢になる。

（先輩のおしりだ……）

着衣でも惹かれた魅惑の丸み。何も覆うもののない今は、肌のなめらかさとお肉の柔らかさが、見ているだけでも伝わってくる。

剥き卵がふたつ並んだみたいな下側の波線は、芸術的でありながら煽情《せんじょう》的。いかにも熟れ頃というふうだ。シャツを着たままだから、裸の下半身がよりエロチックに映った。

片足はソファの上、もう一方は床につけた片膝立ちの姿勢で、麗子が屹立《きつりつ》を逆手で握る。ふくらみきった先端を、からだの底部にこすりつけた。恥芯に溜まった蜜をまぶし、丁寧に潤滑する。

（うう、たまらない）

ムズムズする快さに、たちまち上昇しそうになる。挿入前に爆発したらみっともないと、康太郎は奥歯を嚙み締めて耐えた。

「挿《い》れるわよ」

短く告げるなり、彼女がおしりをすっと下げる。肉槍《やり》の穂先が、華芯をやすやすと貫いた。

「あああッ」

麗子が背中を反らして喘いだとき、康太郎は熱い締めつけの中にいた。

（入った——）

柔らかな濡れヒダが、硬肉にぴっちりとまといついている。下腹にのった尻肉の重みと、ぷりぷりした弾力もたまらない。

「あうう、い、いっぱい」

彼女が腰をよじると、入り口がさらに締まる。亀頭がもぐり込んだ奥はトロトロで、その違いも悦びを高めてくれた。

「動くわよ」

熟れ尻がそろそろと浮きあがり、すぐに落ちる。繰り返される動きが、次第にリズミカルになった。

「あ、あ、あ、あん」

麗子が声をはずませ、蜜穴で男根をしごく。こすられるところから、ヌチュヌチュと卑猥な粘つきがこぼれた。

(こんなの、いやらしすぎる)

濡れた洞窟でこすられる快感もさることながら、逆ハート型のヒップの切れ込みに見え隠れする肉棒にも、劣情を煽られる。白く泡だった淫液をこびりつかせたそれは、自分のものとは思えないほど生々しかった。

おかげで、セックスをしているのだという実感が、否応《いやおう》なく高まる。

タンタンタン……パツっ。

上下にはずむ尻肉が、下腹にぶつかって湿った音を鳴らす。そこから酸味の和《やわ》らいだ淫臭が漂ってきて、味覚以外の五感を刺激された状態であった。

「せ、先輩、激しすぎます」

康太郎が声をかけたのは、強烈な摩擦のせいもあって愉悦がふくれあがり、いよいよ我慢の限界を迎えていたからだ。

すると、麗子が振り返り、艶っぽい笑みを浮かべる。

「イッちゃいそうなの？」

だらしないとわかっていても、ここは認めるしかない。続けられたら、二分と持ちそうになかった。

「はい」

素直に返事をすると、先輩の目が満足げに細まった。

「いいわよ。イッちゃいなさい」

「え？」

「オマンコの奥に、いっぱい出すのよ」

またも卑猥なことを言われ、現実感が薄らぐ。おまけに、彼女は前屈みになると、尻を高速で上げ下げしたのだ。

「あん、あん、硬いオチンチン、好きぃ」

はしたないよがり声をあげ、結合部を大胆に見せつける。淫液で濡れたペニスが膣《ちつ》に出入りする真上で、可憐なアヌスがいやらしく収縮していた。

（エロすぎる——）

女性経験の少ない康太郎が、人妻の濃厚な責めに太刀打《たち》できるはずがなかった。目の奥で歓喜の火花が散り、甘美な震えが手足の隅々にまで行き渡る。

「ああ、駄目です。ほんとに出ちゃいます」

声を震わせての訴えに、逆ピストンがせわしなくなる。

「ほらほら出して、いっぱい」

熟れ妻の色っぽい誘いには勝てず、康太郎はオルガスムスの波濤《はとう》に巻き込まれた。

「ううう、い、いく」

呻いた直後に、肉根の中心を熱いほとばしりが駆け抜けた。全神経が蕩《とろ》けるような快感を伴って。

びゅるんッ——。

勢いよく放たれたザーメンは、子宮口をノックしたに違いない。

「はうう、出てるぅ」

体奥で射精を感じて、麗子がなおも忙しくヒップを振り立てる。逆流した牡汁が泡立ったのか、グチュグチュと猥雑な音を響かせた。

（これが本当のセックスなんだ……）

生まれて初めて知った最高の悦びにどっぷりとひたる。高波が去ったあとも、康太郎はしばらく放心状態であった。

「気持ちよかった？　いっぱい出たみたいね」

人妻が腰の上から離れる。中出ししたものがこぼれたらしく、「やん」と焦った声が聞こえた。

「本当に、いっぱい出たわ」

濡れたペニスを、麗子がティッシュで清めてくれる。粘つきを拭い取ると、軟らかなものを口に含んで舐め回した。

「あうう」

絶頂後で過敏になった粘膜を刺激され、身をよじりたくなる快さにまみれる。尿道に残っていたエキスも吸い取られ、あまりの気持ちよさに目がくらんだ。

（先輩……ここまでしてくれるなんて）

もう、一生頭が上がらない気がする。いや、いっそ下僕になってもいいとすら思えた。

舌で丁寧に磨いたペニスは赤みを増し、わずかながらふくらんだようである。それを見て、彼女が嬉しそうに白い歯をこぼした。

「それじゃ、シャワーを浴びましょ」

「……え？」

「汗をかいたし、さっぱりしたいんじゃない？」

そう言われても、悦楽の気怠《けだる》い余韻が後を引いていて、なかなか起き上がれない康太郎であった。

第二章　よがり啼くウグイス嬢

1

選挙に協力しなさいという麗子の要請を、康太郎が断れなかったのは、人妻を抱いた負い目があったからだ。

「まさか、あんないい目にあっておいて、わたしのお願いを聞けないってことはないわよね」

行為のあと、ふたりでシャワーを浴びたときに、先輩女子がそう言った。従わなかったらどうなるのかわかってるのと、脅すみたいに目を細めて。

もっとも、本当に脅迫するつもりはなかったであろう。夫がいながら、他の男を連れ込んだのは彼女のほうである。バレたら分が悪いのはどちらかなんて、考えるまでもなかった。

それでも、康太郎が渋々ながら承諾したのは、誘惑にたやすく乗ってしまった自身への戒《いまし》めからだ。男なら、やったことに責任を持つべきだという気持ちもあった。

加えて、セックスの素晴らしさを教えてくれた麗子に、恩義を感じたからである。正直、もう政治には関わりたくなかったけれど、彼女のためなら、できることは何でも協力しようと決意した。

選挙というのは、奥山町の町長選である。

聞けば、康太郎が中学生ぐらいのときから町長を務める現職に、何期目かぶりに対抗馬が出るという。ここ二期ほどは町議選も無投票だった奥山町で、町を二分する戦いが繰り広げられるのだ。

麗子は新人立候補者側で、選挙対策本部のリーダーを務めるとのことだった。今日、彼女が役場にいたのは、選挙に関する事務手続きの確認で訪れていたそうだ。

「康太郎君は政治家の秘書だったわけだし、放送局では宣伝や広報の仕事をしてたんでしょ。まさに打ってつけの人材なのよ」

浮かれた口調で言われ、康太郎は我知らず顔をしかめた。もしかしたら選挙に協力させるために、色めいた罠を仕掛けたのかと訝《いぶか》ったのだ。

しかしながら、手のひらにボディソープを取って泡立て、献身的に年下の男を洗ってくれる先輩は、そんな打算的な企《たくら》みをするようなひとには見えなかった。さすがに考えすぎであろう。

「ところで、先輩が応援する候補者はどんなひとなんですか？」

柔らかな手で肌をヌルヌルとこすられるのは、くすぐったくも気持ちいい。質問の声も震えてしまう。

「あした会わせてあげるわ。それまでのお楽しみね」

思わせぶりな微笑に、誰なんだろうと首をかしげる。高校の同級生あたりだろうか。

(てことは、おれも知っているひとなのかな)

お楽しみと言ったところをみると、その可能性はありそうだ。

リビングでは下半身しか脱がなかったが、今はふたりとも全裸である。手に余りそうな乳房は張りがあり、薔薇色の乳頭がツンと上向いていた。

ついそこに目を奪われると、麗子が笑った目で睨んできた。

「エッチねえ」

年上らしく余裕たっぷりにからかい、しなやかな指でペニスを清める。たっぷり放精してうな垂れていたそこが、快さにまみれて再びふくらみだした。

「あら？」

彼女が目を見開き、頬を淫蕩に緩めた。

「元気なのね」

白い歯をこぼし、敏感なくびれに指を巻きつける。真下に垂れ下がった陰嚢《いんのう》にも手を添え、揉むように刺激した。

「あ、ああっ」

快感が倍増する。康太郎は膝を震わせ、先輩に抱きついた。そうしないと、今にも崩れ落ちそうだったからだ。

立っているのは困難でも、分身は力強くそそり立つ。逞《たくま》しい脈打ちを、人妻の手指に伝えた。

「すごいわ。康太郎君って、もう三十歳を過ぎてるよね」

「う、うん」

「なのに、どうしてこんなに硬くなるの？」

ストレートすぎる質問に、なんと答えればいいのかと戸惑う。あまり経験がないから、女性と親密に接するだけで昂奮するなんて、さすがに言えなかった。

（ていうか、旦那さんは三十歳を過ぎてからは、ここまで硬くならないってことなのかな？）

麗子と同い年と聞いたから、三十三歳ということになる。まだまだ充分現役だろうに。

それとも、飽きるほど抱いたから、そこまで硬くならないのか。それはそれで羨《うらや》ましい話だ。

「先輩の手が、とても気持ちいいからですよ」

決してお世辞ではなく、本当のことを言ったのである。どこまで本気にしてくれたのかわからないが、彼女は「ありがとう」とほほ笑んだ。

「それじゃあ、もっと気持ちよくしてあげるわね」

麗子はシャワーで牡器官の泡を流すと、康太郎の前に膝をついた。反り返るものを前に傾け、赤く腫《は》れた亀頭を口に含む。

「むふぅ」

太い鼻息がこぼれ、また膝がカクカクと揺れる。康太郎は、今度は彼女の肩に摑まった。

舌を回し、肉根に唾液をたっぷりまといつけると、人妻は頭を前後に振り出した。すぼめた唇で筋張った棹《さお》をこすり、ぢゅぽぢゅぽと卑猥な音を立てて吸茎する。

(うう、気持ちいい)

激しい口淫奉仕に、性感曲線が急角度で上昇する。

見おろせば、血管を浮かせた無骨な器官が、美貌の中心に出入りする。卑猥なコントラストにも高められ、康太郎は時間をかけることなく限界を迎えた。

「せ、先輩、イキそうです」

息を荒くして告げると、麗子が勃起から口をはずす。後輩を見あげてにっこりと笑い、

「じゃあ、今度はお口の中に出しなさい」

嬉しい許可を与え、再び咥《くわ》えてくれた。

(ああ、夢じゃないだろうか)

憧れだった先輩と歓びを交わし、膣奥に続いて口の中にも射精できるなんて。

それはさすがに畏れ多いと、ためらいも頭をもたげる。けれど、募る快感に押し流され、気遣いが四散した。

「あ、あっ、ほんとにいきます。出る——」

めくるめく愉悦に意識を飛ばし、またも多量の樹液を噴きあげる。ペニスの脈打ちに合わせて、麗子が亀頭を強く吸ってくれたから、肉体を繋げなくても深い満足を得

ることができた。

(麗子先輩……一生ついて行きます)

美しい人妻のしもべになることを、康太郎は胸の内で誓った。

2

翌日、康太郎は麗子が運転する軽自動車に乗り、町長選の新人立候補者のところへ向かった。

「え、こっちに家があるんですか?」

車がアスファルトの県道を離れ、山へ向かう林道を走り出したものだから、康太郎は訊ねた。

その付近は隣の小学校区のため、あまり詳しくない。だが、両側に草が青々と茂る道の感じからして、民家などなさそうだったのだ。

「上のほうに畑があって、そこで仕事をしているのよ」

麗子が答える。車がすれ違うのは困難な狭い砂利道は、ガードレールがない。かなり緊張してハンドルを握っているのが、助手席から見える横顔からもわかる。

(邪魔をしないほうがいいな)

話しかけるのを諦め、康太郎も前方に視線を向けた。もっとも、昨晩目にした彼女の恥ずかしい部分や、あられもない匂いまで思い出して昂り、つい隣をチラ見してしまう。

畑にいるということは、立候補者は農業従事者らしい。

奥山町は農地が豊富で、田んぼや畑を作っている家がかなりある。とは言え、ほとんどは兼業農家だ。農業だけで生計を立てているところは多くない。

康太郎の実家も、昔は田んぼを持っていたそうだ。耕作に手間がかかるわりに実入りが少ないので、早いうちに手放したと聞いた。

今日は平日である。勤め人でないのであれば、専業農家なのか。だったら農業協同組合に、推薦なり支持なりしてもらえれば、新人でも充分に戦えるであろう。

ただ、現職は長く務めているぶん、そちらとも昵懇《じっこん》の可能性がある。そうなると協力は望めず、かなり苦しい戦いになると予想される。

などと、早くも選挙戦略に頭を巡らせる康太郎であった。

林道をしばらく走ると、視界が開ける。そこらは山の中腹あたりだろうか。

「こっちよ」

車を降りて進むと、緩やかな斜面を利用した、広々とした畑があった。

（へえ、いい場所だな）

町の中心部が、遠目で一望できる。山に囲まれた周りの眺めも、豊かな自然を実感できるもので、心が洗われる清々《すがすが》しさを感じた。

東京で十年以上も暮らした康太郎だから、まさにふるさとという光景を前に、懐かしさが胸に迫る。ピクニックで訪れたら、きっと最高の気分であろう。

もっとも、畑仕事に精を出す者には、景色を愉しむ余裕などないかもしれない。

学校のグラウンドほどもありそうな畑は、半分近くに苗が植えられている。野菜の種類はわからないが、だいぶ成長した葉もあった。

残りの半分は収穫後らしく、黒々とした土がむき出しだ。畝《うね》がきちんと整えられているところは、種まきが終わったのであろうか。

その、土があらわになっているところに、ひとの姿が見えた。

白い長袖《そで》のシャツに、下半身はジーンズと長靴。広いつばのついた帽子を深くかぶっており、離れているから顔はよく見えない。鍬《くわ》を手に、土を耕しているようだ。

（けっこう小柄なひとだな）

山の畑で働くのだから、屈強な男を想像していたのだ。体型は、むしろ華奢《きゃしゃ》である。

「おーい」

麗子が声をかけると、その人物が顔をあげる。片手で合図を返して、こちらに足を進めてきた。

(——え?)

距離が縮まるにつれ、心臓の鼓動が速くなる。

女性であることは、早い段階でわかった。それから、同世代ぐらいであることも。もしやと思っても確信が持てなかったのは、彼女とずっと会っていなかったからだ。それこそ、高校を卒業してから十二年以上も。

向こうもこちらを見て、最初は怪訝そうな面持ちだった。間もなく気がついたようで、目を驚きで見開く。どうやら康太郎が来ると、知らされていなかったらしい。

彼女の表情に、懐かしさや再会の喜びは浮かんでいない。むしろ戸惑いと、気まずさが感じられる。

それはきっと、康太郎も同じだったはずだ。

「改めて紹介する必要はないわね。もうわかってるみたいだし」

引き合わせたふたりの顔を交互に見て、麗子が言う。しかしながら、どちらも笑顔を見せないものだから、訳がわからないというふうに眉をひそめた。

「……久しぶり」

対面した相手にポツリと告げられ、康太郎は無言でうなずいた。

彼女は中原瑞紀。中学高校の同級生で、同じ文芸部員でもあった。昨日、麗子との会話で、最も仲のよかった女子として名前が挙げられた少女である。

もちろん、今は少女ではない。同い年の三十一歳で、顔かたちは大人のそれになっている。

ただ、農作業中でノーメイクにもかかわらず、肌は綺麗だ。そのため、年齢よりも若々しく映る。少女時代の面影が、自然と重なるぐらいに。

(変わってないな、瑞紀……)

彼女は康太郎にとって唯一の、異性の友達だった。なのに、気まずさしか感じないのは、喧嘩別れをしたからではない。むしろその逆で、恋人同士として付き合ったこともあったのだ。

しかしながら、そのせいでふたりの関係がおかしくなってしまったのである。

「なんか、ギスギスしてるわね」

康太郎と瑞紀がまともに目も合わせないものだから、麗子は不審が募ったらしい。

「い、いや、そんなことはないですよ」

康太郎が取り繕《つくろ》っても、先輩の眉間のシワは深いままであった。

「だって、瑞紀ちゃんとは一番仲がよかったって、康太郎君も昨日言ったじゃない。瑞紀ちゃんだって、同じことをわたしに言ったのよ」

これに、康太郎はちょっと驚いた。瑞紀が自分のことを、仲がよかった相手と認めてくれたなんて。

（てことは、もう怒っていないのかな……？）

高校卒業後、彼女とはまったく連絡を取らなかったから、てっきり気分を害しているものと思っていた。だからこそ、瑞紀が結婚したと、帰省した折に母親に聞かされたときには、心から安堵したのである。

「ええと、旦那さんはいっしょじゃないの？」

かつての女友達が、人妻になったことを思い出して訊ねる。ところが、

「瑞紀ちゃんは独身よ。旦那さんとは別れたから」

麗子がさらりと言う。瑞紀は一瞬、咎めるような眼差しを先輩女子に向けたものの、すぐに仕方ないという面持ちで俯《うつむ》いた。

「え、別れた？」

康太郎が確認すると、

「その点も含めて話をしましょ。とりあえず、あっちに行かない？」

麗子が年長らしく、その場を取り仕切る。

三人は畑の脇の、草っ原に移動した。瑞紀の休憩場所らしくブルーシートが敷かれ、お茶のポットや湯呑みもあった。

そこに腰を下ろし、まずは康太郎の高校卒業後のことが、麗子によって語られる。自己紹介をさせるより、そのほうが手っ取り早いと判断したのだろう。

そして、これからはこっちに住むことが告げられるなり、瑞紀の表情が明るくなったかに見えた。もっとも、気のせいだったのかもしれない。

「康太郎君なら、選挙の参謀に打ってつけでしょ。政治の世界も知ってるし、広報や宣伝も得意そうだし、だから協力してくれるようにお願いしたの」

麗子が説明する。さすがに色仕掛けで懐柔したことは伏せていた。

「でも、康太郎君にお願いしたなんて、わたしは全然……」

瑞紀が不満げにこぼす。選挙の協力者を連れてくると連絡をもらっただけで、それが誰なのか教えられていなかったのだ。

「瑞紀ちゃんをびっくりさせたかったのよ。それから康太郎君も」

麗子が得意げに笑みを浮かべる。康太郎はやれやれと唇を歪めた。

続いて、瑞紀のことが述べられる。進学先は県内の国立大学だとわかっていたけれど、農学部だというのは初めて聞いた。

「あれ、だけど、確か文学部に――」

志望する学部は聞かされていたから、そのことを確認する。

「転部したの」

瑞紀がポツリと答えた。入学してから学部を移ったらしい。

「家の仕事を継ぐために、そうしたのよね」

麗子が理由を説明した。

「ご両親としては、農業はお兄さんに継いでもらいたかったみたいなの。だけど、お兄さんに全然その気はなくて、だったら自分が継ぐって、瑞紀ちゃんは決心したのよ」

彼女の家が農家であることも、五つ年上の兄がいることも、康太郎は知っていた。

(てことは、あの頃も進学先で悩んでいたのかな？)

ふたりが正式に付き合いだした、高校三年生の頃の記憶を蘇らせる。確かに、どうしようという相談を受けた気もするが、康太郎は他のことに心を奪われて親身にもなれず、満足なアドバイスをしてあげられなかったのだ。

（まったく、おれってやつは……）

康太郎に罪悪感が再燃したことなどわかろうはずもなく、麗子は話し続けた。

「結婚もお見合いして、婿養子を取ったのよね。だけど、旦那さんは婿に入ってから、農業の大変さがわかったみたい。瑞紀ちゃんは結婚前に、お勤めをしながらたまに手伝ってくれるだけでいいって譲歩してたんだけど、瑞紀ちゃんが頑張ってるのを見て、居たたまれなくなったようね。で、二年も持たずに離婚したの」

後輩女子がバツイチになったくだりを、本人の前で淡々と述べる。しかし、瑞紀は少しも気分を害したふうではなかった。それだけ信頼しているのだろう。

「おふたりは高校を卒業したあとも、ずっと連絡を取っていたんですか？」

康太郎が訊ねると、麗子が「ううん」と首を横に振った。

「わたしが結婚して、奥山町に越してきてから再会したの。主婦だけやってるのも面白くないし、ボランティアでもしようかと思って地元の女性団体に入ったら、瑞紀ちゃんがいたのよ」

ふたりはすぐに旧交を温め、団体でもプライベートでも行動を共にするようになったそうだ。

麗子が先輩ということで、瑞紀のほうからあれこれ相談を持ちかけることが多かったとのこと。そのときは離婚して間もなかったというから、今後についての不安や悩みが多かったのだろう。

ふたりとも外での活動に積極的だったのは、社会的な意識が高かったからである。町の今後についても団体内で意見を交わし、議会や議員への提言なども行っていたという。

麗子の夫は県職員のため転勤があり、今後もずっと奥山町に住み続けるわけではない。けれど、瑞紀はここで農業を続けていく決意を固めていたから、町の農業政策についてはかなり不満を抱えていたらしい。

康太郎は農業の知識など微々たるものだし、議員秘書時代も、農政に関わる仕事はしてこなかった。そのため、話を聞いてもピンとこなかったのであるが、

「要するに、何か新しいことを始めようとしても、昔から変わらない法の縛りや規制があって、思うようにできないの。そのせいで、瑞紀ちゃんみたいに若くてやる気のある農業従事者がいても、よってたかって潰されちゃうのよ」

麗子の解説で、そういうことかと理解する。

農業に限らず、様々な分野でその手の問題は存在する。多くは利権絡みで、恩恵を受けるのはごく一部であることも変わらない。

それから、そういう如何《いかん》ともし難い事柄には、裏で政治家が絡んでいることも。

「ここの畑も、もともと瑞紀ちゃんのお爺ちゃんが作ってたところで、長いあいだ放置されてたんだって。それをまた耕作地にしようとしたら、けっこう手続きが必要だったみたい。こんな山の中で、しかも自分の土地なのに自由にできないのよ。わたし、農業は素人だけど、びっくりしちゃった」

どんな職種にも、さまざまな規制や手続きがある。農業人口が増えないのは、面倒な制度の影響があるのかもしれない。

（大変だったんだな、瑞紀は……）

こっちにいると聞いていたが、のんびりと田舎生活を送っているものだとばかり思っていた。家業を継いだばかりか、さらに発展させるべく奮闘していたなんて。

「だから、わたしがけしかけたの。町長選挙があるから立候補して、自分で町や農政を変えたらいいんじゃないって。農業に関することは、町の一存だけで決められるようなことじゃないだろうけど、上へも働きかけられる地位を得られれば、改善が見込めるじゃない。少なくとも、言いなりになってるよりはマシでしょって」

「それでOKしたんですか？」

康太郎は瑞紀の表情を窺いながら訊ねた。

「瑞紀ちゃんも、変革を求めるのなら相応の地位を得なきゃならないって、ずっと考えてたみたい。だから、そんなに迷わなかったわね」

けしかけられて渋々立候補するわけではなく、しっかりした決意があっての出馬なのだ。同い年なのにずっと立派で、引け目を感じずにいられない。

(瑞紀は地元でしっかり頑張っていたのに……そのあいだ、おれはいったい何をやっていたんだろう)

東京まで出ておきながら、すべてが中途半端で終わってしまった。今だって、まだ何をするのか決まっていない。それこそ地に足がつかない状態だ。

そんな自分に、彼女を応援する資格があるのかと、思わないではなかった。かえって足を引っ張ることになりはしないかとも。

ただ、瑞紀への償《つぐな》いとして、できることは何でもしてあげたい。そんな義務感みたいなものを抱いた。

「そういうことだから、康太郎君も選挙に協力してね。絶対に瑞紀ちゃんを勝たせましょう」

麗子の言葉に、戸惑い気味にうなずく。そのとき、瑞紀もぺこりと頭を下げたのである。

「よろしくお願いします……」

どこか他人行儀な挨拶に、康太郎は複雑な思いを噛み締めた。

3

麗子の指示である人物に会うために、康太郎は隣の市に向かった。

(瑞紀は、今のおれをどんなふうに思っているんだろう……)

バスの窓から見える景色をぼんやりと眺めながら、康太郎はふと思った。

脳裏に浮かぶのは、昨日再会したかつての女友達、そして元恋人。いや、そんな甘い関係じゃなかったなと、ひとりかぶりを振る。

結局、瑞紀とは満足に話もできなかった。麗子がいたためもあるが、仮にふたりっきりだったとしたら、もっと気まずくなったかもしれない。

(やっぱり、付き合うべきじゃなかったんだよな)

それは何度もしたはずの後悔であった。

友達としてじゃなく、正式に付き合わないかと瑞紀に持ちかけたのは、高校三年も半ばを過ぎてからだった。部活も引退して、受験勉強に本腰を入れなければならない時期になってのことである。

理由はただひとつ、何も経験しないで高校生活を終えることに、焦りを覚えたためだ。要はキスやセックスといった、男女のあれこれについて。

見栄と欲望本位で生きる十代男子の多くが、未経験であることにコンプレックスを抱くのではないか。康太郎の周りにも、高校卒業までに童貞も卒業したいと、息巻く者が何人もいた。

だからと言って、行きずりの相手と済ませるのは、康太郎の趣味ではなかった。そのあたりは純真だったと言えるかもしれない。ちゃんとした恋人を相手に、そういうことがしたかったのである。

そのくせ、卒業までに最低でもキスをと、いちおうのラインは設定していた。

だが、恋人を作るのは、一度限りの相手を見つけるよりも難しい。そんなことはわかっていたし、康太郎も当てもなく決意したわけではなかった。

彼にとって唯一の恋人候補は、瑞紀だった。中学のときから身近にいた、気の合う女友達。文芸部でも一緒だったし、性格の良さも知っている。

真面目で勉強もできるし、委員会や生徒会で活躍するなど、男子からすれば少々煙たい存在ではある。それゆえライバルがいないのも都合がよかった。

見てくれは、美少女とまでは言えないものの、人好きのする愛らしい容貌だ。男友達にも、自分の彼女だと堂々と紹介できる。

友達の期間も長いし、趣味も合う。彼女のほうも憎からず思ってくれているに違いなかった。

とは言え、懸念されるところもあった。

これからの人生に関わる進路が確定する、重要かつデリケートな時期なのだ。そんなときに男女交際なんてする余裕はないと、あっさり断られる可能性があった。

まして、康太郎は東京に、瑞紀は地元の国立大学にと、志望する進学先も別々である。距離が離れたら交際を続けられなくなるし、どうせ別れるのなら最初から付き合わないほうがいいと言われるかもしれない。

あれこれ体験したいという目論見こそあっても、康太郎は彼女のからだだけが目的ではなかった。遠距離になっても付き合うつもりでいたし、さらにその先のことも、ぼんやりとではあるが夢想したのである。

だからと言って、無理強いはできない。拒まれたら諦めるしかなかった。

ところが、心配事は杞憂《きゆう》に終わる。瑞紀が交際をＯＫしてくれたのだ。康太郎は跳びあがらんばかりに喜んだ。

付き合うとはいっても、ふたりとも受験生だ。図書館で勉強するか、下校のとき一緒に帰るぐらいが関の山である。

それでも、瑞紀とふたりのときには、康太郎は胸を高鳴らせるのが常だった。距離は明らかに縮まっていたし、新たな発見もあった。ミルクみたいないい匂いがすること、肌が綺麗なこと、それから、耳の後ろにホクロがあること、など。

おかげで抱きしめたい、くちづけをしたいという欲望も高まる。十代の強い性欲を持て余す身には、けっこう過酷な状況であった。気を鎮めるために、オナニーの回数が自然と増えた。

そんなふうだったから、ふたりで勉強してもまったく身に入らない。家に帰ってから、改めてその範囲をやり直す羽目になり、時間を無駄にすることが多くなった。

加えて、どのタイミングでキスをしようかと、そんなことばかり考えて無口になる。会話がはずむこともなくなった。康太郎は何か言われても上の空で、瑞紀がつまらなそうな顔を見せることもしばしばだった。

これではふたりの関係のみならず、受験も危うくなる。センター試験前から自由登校になるため、会える機会も減るだろう。

追い詰められ、切羽詰まってきた日の帰り道、今日こそはキメようと、康太郎は意気込んでいた。

その日は急速に冷え込んで、コートを着ていても寒かった。瑞紀が両腕を前で合わせ、身をブルッと震わせたのを目撃するなり、今がチャンスだと咄嗟に行動する。

康太郎は彼女の肩に腕を回し、自分のほうに抱き寄せたのである。

——寒い？

喉まで出かかった問いかけを告げられなかったのは、瑞紀が驚きをあらわにこちらを見たせいだ。その瞬間、途方もない罪悪感がこみ上げたのである。

自分はいったい、何をやっていたのか。結局のところ、キスやセックスができれば誰でもよかったのではないか。

それは大切にしてきた女友達を侮辱する行為だ。

康太郎は急いで身を離し、ごめんと謝った。彼女は小さくかぶりを振ったものの、あとは何も言わなくなる。普段はあれこれおしゃべりをするのに、ふたりとも押し黙ったまま、いつもの場所でそれぞれの方向に別れた。

ふたりの関係がぎこちなくなったのは、あれがきっかけだった。

その後は、避けるようになったわけではないものの、一緒にいる時間が減った。受験も追い込みで、別々に勉強したほうが効率がいいねと提案したら、瑞紀も賛同したのである。そのとき、どこか安心したふうだったから、彼女も気詰まりなものを感じていたのかもしれない。

あるいは、ふたりっきりになって襲われるのを危ぶんだとか。

自由登校が始まると、たまにメールで連絡を取る以外、交流はなくなる。卒業式のあとも国立の受験があり、康太郎はどうにか第一志望の私立を合格したものの、瑞紀のほうはいよいよ追い込みであった。

康太郎も東京行きの準備があり、都会生活への期待に胸をふくらませていたから、彼女のことは二の次になる。結局、国立合格の知らせをもらったのを最後に、それっきりとなった。

（おれのせいなんだ……）

キスをしたいがために交際を申し込み、自分本位で瑞紀を振り回しただけで終わってしまった。気まずくなって自然消滅し、彼女を傷つけた可能性もある。いくら時間が過ぎても、なかったことになんてできない。

大学時代も、それから職に就いたあとも、進んで異性との交流を持たなかったのは、瑞紀への罪悪感が尾を引いていたことが大きかったろう。セックスを体験したいなんて気持ちすら持たなかった。

それでも、議員秘書時代に知り合った水商売の女性に、誘われるまま童貞を奪われたときには、過去の呪縛からいくらか解放された気がした。瑞紀が結婚したことを聞かされたのはそのあとで、康太郎はようやく楽になれたのである。

若さゆえの過《あやま》ちを悔いたはずが、今回、故郷に戻ってすぐに、憧れだった先輩と情を交わした。結局のところ何も変わっていないと責められても、返す言葉がない。

（まったく、節操がないっていうか）

自らをなじり、深く反省する。瑞紀と再会し、頑張っていることを知って、康太郎はしっかりしなくちゃいけないという気持ちを新たにしたのだ。

彼女が当選できるよう協力することが、みそぎになるはずである。そのためには、これから会う人物に色よい返事をもらわねばならない。

康太郎が会うのは女性である。名前は室生《むろう》鈴音《すずね》。年齢は麗子よりも上で、三十五歳だと聞いた。

職業は家庭の主婦。要は人妻だ。しかし、彼女には他にもうひとつ、知る人ぞ知る異名があった。

鈴音は「伝説のウグイス嬢」と呼ばれているという。

そのことを麗子に教えられたとき、康太郎は正直、なんだそりゃと思った。

そもそもウグイス嬢なんて、選挙のときに名前を連呼するだけのイメージしかなかった。議員秘書時代に交流があったときも、それが覆されることはなかった。

そんな女性が、どうしてレジェンド呼ばわりされるのか。まったくもって理解不能だったのだ。

ところが、麗子の説明によると、そのひとは本当に伝説と称されても不思議ではないのだという。

『だいたい選挙カーなんて、世間的には疎《うと》まれるものじゃない。うるさいとか、馬鹿のひとつ覚えみたいに立候補者の名前を言うだけで、まったく意味がないだとか。だけど、室生さんの場合は全然違うの。道を歩いているひとは立ち止まるし、家の中でテレビを観ていたひとは、テレビの音を消して彼女の声に聞き惚れるのよ』

本当だろうかと、康太郎は眉に唾をつけたくなった。

『だから、室生さんがウグイス嬢をした候補者は、必ず当選するの。当選確率は一〇〇パーセントだって。選挙になると、是非ともウグイス嬢をやってくれって、引く手数多だそうよ。県内はもちろん、県外からも依頼があるんだって』

そんな有名なひとだと、かなりお金を積まないとやってくれないのではないか。思ったものの、麗子は首を横に振った。

『ウグイス嬢の日当は、法律で上限額が決まっているもの。康太郎君だって知ってるでしょ？　交通費やお弁当代とかの実費は別だけど』

とは言え、日当の上限など有名無実だ。ウグイス嬢への日当過払いがバレて、元閣僚が辞任したのは記憶に新しい。似たような事件は、過去に何度もあった。

『中には、自分から上限を超える日当を要求するウグイス嬢もいるらしいけど、室生さんはそんなことしないの。事前に候補者がどんな人物か話を聞いて、自分が認めたひとしか引き受けないんだって。そういう意味じゃ公平なひとなんだけど、ひと筋縄でいかないのも確かね』

とにかく真摯《しんし》にお願いして、是非ともウグイス嬢を引き受けてもらうようにというのが、麗子から与えられた使命であった。

(おれなんかが行って、だいじょうぶなのかな？)

同性である麗子か、あるいは立候補者の瑞紀自身が対面したほうがよさそうな気がする。自分みたいな男が訪れたら、警戒されるのではないか。

とは言え、選挙に協力すると約束した手前、やるしかない。

バスを降りて、住宅街を歩く。鈴音は主婦であり、普段は家にいるから、自宅を訪問するのである。アポは事前に麗子が取ってあった。

スマホの地図ソフトを頼りに、室生家に向かう。幸いにも迷うことなく、目的の家は見つかった。ごく普通の建売住宅のようである。

(ここだな)

表札の名前を確認してから、ドアホンのボタンを押す。家の中から、チャイムの音がかすかに聞こえた。

『はーい』

スピーカー越しに返事がある。

「あの、私は奥山町から参りました、萩原康太郎と申します。町長選に立候補する中原瑞紀へのご協力を願いたく、お伺いいたしました」

緊張を隠せずに、康太郎は訪問の挨拶を述べた。

『はい、お待ちしておりました。すぐに開けますね』

ほとんど待つことなく、玄関のドアが開く。姿を現したのは、スカートにエプロン姿の、いかにも奥様ふうの女性であった。

「いらっしゃいませ」

迎えてくれた声は、なるほど耳に心地よくて綺麗である。ただ、聞き惚れるほどの感動は覚えなかった。マイクを通すとまた違うのだろうか。

（このひとが室生鈴音さん……）

伝説と呼ばれるぐらいだから、華奢で気難しそうなひとを想像していたのだ。

だが、彼女は丸顔で、愛嬌のある笑顔が印象的である。半袖からはみ出した二の腕が柔らかそうで、体型もむっちりタイプのようだ。

「どうぞお入りになって」

「お、おじゃまします」

康太郎は恐縮して玄関に足を踏み入れた。

通されたのはリビングで、ふたり掛けのソファに坐るよう勧められる。鈴音はキッチンに下がると、麦茶のコップを載せたお盆を手に戻ってきた。あらかじめ用意してあったらしい。

「どうぞ。何もありませんけど」

「すみません。お構いなく」

目の前のテーブルにコップを置かれ、康太郎はまた頭を下げた。それから思い出して、名刺を取り出す。それは麗子がパソコンでこしらえて印刷したものだが、急ごしらえのわりに出来映えはよかった。

「改めまして、萩原です」

「あら、ご丁寧にどうも」

受け取った名刺を、鈴音がしげしげと見る。そこには立候補者である瑞紀の名前も書かれてあった。

「立候補者が中原瑞紀さん。女性なのね」

「はい、そうです」

「この方はおいくつなの？」

「三十一歳です」

「あら、ずいぶんお若いのね」

驚きを浮かべた人妻が、何かに気がついたように康太郎を見る。

「あなたも同じぐらいの年齢じゃなくて？」

「はい。立候補者のみず――中原は同級生なんです」

「まあ、そうだったの」

楽しげに口許《くちもと》をほころばせた鈴音に、康太郎も頬が緩んだ。

(けっこうひと懐っこいみたいだぞ)

これならウグイス嬢も、簡単に引き受けてもらえるのではないか。期待に胸をふくらませたとき、テーブルの脇に膝をついていた彼女が立ちあがる。そのまま康太郎の隣に、躊躇なく腰をおろした。

（え、えっ？）

ソファはふたり掛けでも、むっちり体型の鈴音とでは、あいだにスペースはほとんどない。密着にも等しかった。

さすがに気詰まりさを覚えたものの、ここは彼女の家である。訪問者の立場では何も言えない。まして、こちらはお願いに上がった身なのだ。

（ひと懐っこいっていうか、馴れ馴れしいのかも）

そんなことをチラッと考えたとき、鈴音がこちらを向く。顔の距離が近かったものだから、康太郎は反射的に背筋をのばした。

「でも、珍しいわね」

「え、何がですか？」

「こんな若いひとが、ウチまで頼みに来るなんて」

若いと言われるような年ではないから、ちょっと戸惑う。まあ、地方の選挙は、候補者も含めて高齢者が多いのは事実だが。

「それで、だいたいの話は石川さんだったかしら、お電話をくださった女性の方に伺ったんだけど、萩原さんは改めてお願いにいらしたってことでよろしいかしら？」

「はい。是非とも室生さんにウグイス嬢を引き受けていただきたく、こうして伺わせていただきました」

頭を深く下げると、鈴音がちょっと困った顔を見せた。

「実は、対立候補の現職の方からも、ウグイス嬢をお願いされているのよ」

「え？」

康太郎は驚いたものの、べつに不思議な話ではない。向こうだって勝たねばならないわけであり、最善の策を選ぶはずなのだ。

「では、もう向こうの依頼を受けることになったんですか？」

「ううん。返事は保留しているわ。どういうひとなのか、実績も含めてちゃんと知りたいから」

自身が認めた候補者の依頼しか引き受けないというのは本当らしい。彼女にしかない特技を生かした仕事なのであり、妥協したくないのだろう。

ならば、ここは瑞紀のことを精一杯アピールするべきだ。

康太郎は瑞紀が農業従事者として頑張っていることや、今回の町長選立候補を決めた経緯を述べた。さらに、中学高校時代から勉強家で、みんなの手本になるような少女だったことも話した。ひとりの人間としても優れていると知ってもらうために。

「中原さんのこと、ずいぶんお詳しいのね」

鈴音に言われ、康太郎はドキッとした。

「詳しいというか、女子の中ではいちばん仲がよかったので」

さすがに、一時的にせよ付き合ったとは言えない。

「なるほどね」

感心した面持ちでうなずいた鈴音であったが、

「ところで、わたしたちの役目が、どうしてウグイス嬢って呼ばれるのかご存知？」

出し抜けの質問に、康太郎は面喰らった。

「……ええと、声が綺麗なことから、鳥のウグイスに喩《たと》えたんだと思いますけど」

「だけど、鳴いているウグイスってオスなのよ。メスを呼んで交尾するために」

交尾のことはさておき、確かにそうだなと、康太郎は盲点を衝《つ》かれた気がした。いい声で鳴くのはオスのウグイスだから、そこに嬢をつけたらオカマみたいじゃないかと、余計なことも考える。

(だからウグイス嬢とは呼ばれたくないって言いたいのかな？)

だったらどんな名称がいいのかと悩みかけたところで、鈴音が立ちあがった。

「ちょっと来ていただけるかしら」

「あ、はい」

彼女に先導されて、二階へ上がる。招かれた部屋は寝室であった。広さは六畳ほどで、壁際にダブルベッドが置かれている。

「ここで待っていてくださる？」

「はい……わかりました」

康太郎を残し、鈴音は寝室を出て行った。また階下へ向かったらしい。

（こんなところで、何をするっていうんだ？）

男と女がいて寝室に招かれたら、普通は色めいた展開になるのであろう。だが、そんな素振りはまったくなかったし、そもそも彼女は人妻なのだ。

とは言え、その人妻である麗子と、康太郎は肉体関係を持ったのである。

（ひょっとして、さっきのウグイスの話と、何か関係があるのかな？）

実際にいい声で鳴くウグイスはオスだから、あなたがやるべきだと主張するつもりなのか。この場所で、いい声を出すコツをレクチャーしてくれるのかもしれない。

（いや、そんなことはないか）

あれこれ想像しても、どれも違っているように思える。困惑しつつダブルベッドを眺めていたら、夫に組み伏せられる鈴音の、あられもない姿が浮かんできた。

（――て、何を考えてるんだよ？）

慌てて打ち消したものの、モヤモヤした気分はなかなか鎮まらない。ペニスもいくらか膨張したようだ。

4

鈴音が戻ってきたのは、十分後ぐらいであったろうか。

「お待ちどおさま」

ドアを開けた彼女をひと目見るなり、康太郎は驚愕で固まった。どうやらシャワーを浴びてきたらしく、細かな水滴を光らせる肌に、バスタオルを一枚巻いただけの格好だったのだ。

（ということは、やっぱりここでおれと――）

セックスをするつもりなのか。しかしながら、濡れた白い肩や脂ののった二の腕、むっちりした太腿にも、驚きが大きすぎてたやすく劣情モードにはならなかった。

「ねえ、ウグイスの谷渡りって知ってる？」

人妻が首をかしげて訊ねる。さっきとは異なり、やけに艶っぽい口調で。

「あ、えと、ウグイスが鳴きながら谷を渡ることですか？」

言葉どおりの意味を答えると、彼女が眉根を寄せた。

「他にも意味があるのよ。四十八手のひとつなんだけど」

はて、相撲の技にそんな名前のものがあったかなと首をひねったところで、いきなり鈴音がバスタオルをはらりと落とす。

「わっ！」

康太郎は思わず声をあげた。バスタオルの下に、彼女は何も着けていなかったのだ。

予想していたとは言え、全裸の人妻を目の前にして、冷静でいられるはずがない。

そして、四十八手が何のことなのか、ようやく理解する。男女の行為における、体位を表す言葉なのだ。それも、正常位や騎乗位みたいな即物的な言い回しではなく、もっと雅《みやび》やかな。

「ウグイスの谷渡りっていうのは、簡単に言えば前戯のことね。男性が女性のからだの上を渡って、いろんなところにキスをして、じっくりと気持ちよくしてあげることなのよ」

解説をした鈴音が、ベッドの掛け物を剝《は》ぐ。シーツの上に、仰向けで身を横たえた。

「それじゃ、お願いするわ」

むちむちと肉感的な、女らしいボディのどこも隠さずに、彼女がこちらを見あげる。

「え、お願いって？」

「あなたがウグイスになって、谷渡りをしてちょうだい。そうして、わたしをいい声で啼《な》かせることができたら、ウグイス嬢のことを考えてもいいわ」

要するに、愛撫をして感じさせろというのか。

(鈴音さんって、ウグイス嬢を引き受けるときには、いつもこんなことをさせているのか？)

ふと疑惑が湧いたものの、そうではあるまい。康太郎が若いのを珍しがったから、いつもは年配の依頼者ばかりなのだ。

だからこそチャンスだと、色めいたことに利用しようと思ったのではないか。

(こんなすぐに誘ってきたってことは、欲求不満かもしれないぞ)

本人には決して言えないことを、胸の内で推察する。だからと言って、軽蔑したわけではない。子供もいないようだし、家にひとりでいることに、寂しさを募らせていたとも考えられるからだ。

ここで断ったら、裸身を晒した人妻に恥をかかせることになる。当然、ウグイス嬢も引き受けてもらえまい。

（やるしかないんだ。瑞紀のためでもあるんだから）

などと自らに弁明したのは、肉々しい熟れボディに魅入られたのを、認めたくなかったからだ。

昔のヨーロッパあたりの油絵で描かれそうな、ふくふくとした豊満な肉体。決して太っているわけではなく、いかにも抱き心地がよさそうだ。

おかげで劣情が解禁され、下半身に血潮が滾《たぎ》る感覚があった。ここへ来るまでのあいだ、麗子と交わったことを反省したはずなのに。あれはいったい何だったのか。

そんな自省も泡と消え去り、康太郎はいつしか鼻息を荒くして、ベッドに近づいていた。

（おれの場合、ウグイスっていうよりツバメかも）

ふと思ったものの口には出さない。鈴音が気分を害したら困る。

「あなたも脱いで」

ベッドに上がる前に、彼女に声をかけられる。それもそうかと、康太郎は着ていたものを素早く床に落とした。全裸の熟女を前にしていたから、少しも羞恥を覚えることなく。

それでも、最後の一枚を脱ぎおろし、水平近くまで持ち上がっている分身を鈴音に見られるなり、頰が熱くなった。

「ふふ」

彼女が目を細め、淫蕩な笑みを浮かべたものだから尚さらに。

「さ、来て」

「は、はい」

ダブルベッドに膝をつき、ボディソープの香りを漂わせる裸身に接近する。このとき、康太郎は自身がまったくのノープランであることに気がついた。

（ええと、どこから何をすればいいいんだ？）

何しろ、絶対的に経験が不足している。このあいだ、同じ人妻である麗子と交わったばかりでも、クンニリングス以外は始終リードされていたのだ。

さすがに、いきなり秘部に口をつけたら興醒めだろう。鈴音が求めているウグイスの谷渡りは、徐々に悦びを高める方法であるらしいから。

（ええい、とにかくやるしかないんだ）

まずは目についたところからと、重力に逆らうことなくひしゃげた乳房に手をのばす。大きめの乳暈《にゅううん》に埋もれかけた乳首を摘まもうとしたところで、彼女が眉をひそめているのに気がついた。

（え、違ったのか？）

うろたえると、やれやれというふうにため息をつかれる。

「最初はキスからよ」

言われて、羞恥がこみ上げる。女性に慣れていないのを見抜かれた気がしたのだ。

（情けないな……）

それでも、落ち込んでばかりもいられない。今からでも挽回するべく女体にかぶさると、鈴音が瞼を閉じた。

ちょっと考えて、康太郎は頰に軽くキスをした。すると、彼女がくすぐったそうに身を縮める。唇に笑みが浮かんだかに見えたから、狙いは間違っていないようだ。

左右の頰におでこ、鼻の頭や、顎にも唇を触れさせる。不思議なもので、情愛を示す行為を実践することで、愛しさがふくれあがった。

（なんだか可愛いな）

年上なのに、そんなふうに思えてくる。

子供じみたキスでも感じたのか、わずかにほころんだ人妻の唇から、切なげな息づかいがこぼれだす。ハッカの匂いがしたところを見ると、シャワーのあとで清涼菓子でも舐めたのであろうか。

康太郎も訪問前に身だしなみを整えたし、汗くさいこともないはず。彼女に不快な気分を与えないよう気をつけながら、いよいよ唇を奪う。

「ンふ」

鈴音が小さな鼻息をこぼす。裸体が波打ったのもわかった。

最初は軽く吸い、唇同士を軽くこすり合わせる。馴染んできたら舌をはみ出させ、表面をチロチロと舐めくすぐった。

そんなテクニックを、これまで実践してきたわけではない。そもそも機会に恵まれなかったのだから。

頭にあったのは、自慰のお供に鑑賞したアダルトビデオである。あとはこうしたらどうだろうと懸命に考えて、実行したに過ぎなかった。

高まった情愛が伝わったのか、彼女もその気になっているようだ。目を閉じていても、面差しがうっとりしていたから、そうとわかった。

頃合いを見て舌を差し入れると、人妻のものが待ち構えていたみたいに戯れてくる。じゃれ合うように絡ませ、互いの唾液を味わうあいだに、全身が熱くなった。

それは鈴音も同じだったらしい。汗ばんだ肌が手のひらに吸いつく。シャワーを浴びたあとにもかかわらず、甘酸っぱいかぐわしさが色濃くなった。

唇をはずすと、彼女が濡れた目で見あげてくる。

「キス、じょうずなのね」

掠《かす》れ声で褒められ、胸に喜びが満ちる。経験が乏しくても、年上の人妻を満足させられたことに、男としての自信が湧いてくるようだった。

「いえ、そんなことありません」

謙遜《けんそん》して、もう一度くちづける。今度は長い時間をかけることなく終わらせ、からだの位置を下げた。

頬から顎、首へと唇で辿る。時おり舌を這わせ、汗の塩気を舐め取ると、鈴音はうっとりしたふうに息をはずませた。

康太郎はすでに硬くエレクトしていたが、一刻も早く挿入したいと気が急いていたわけではない。むしろ、彼女を感じさせることに集中していたため、欲望の高まりを自覚していなかった。

鎖骨《さこつ》から胸元に至る部分もじっくりと味わってから、熟れ乳に至る。

(おや?)

康太郎は目を瞠《みは》った。さっきは埋もれがちだった乳頭が、いつの間にかツンと突き立っていたのだ。

(鈴音さん、昂奮してるんだ)

いかにも吸ってもらいたそうに小さく震える突起を、康太郎は唇で挟んだ。

「あふン」

鈴音が鼻にかかった喘ぎをこぼし、裸体を波打たせる。

(すごく敏感みたいだぞ)

それとも、じっくりと攻めるキスが功を奏して、感じやすくなったのか。どちらにせよ、期待に応えられているのは間違いあるまい。

康太郎は一方の乳首を吸いねぶりながら、もう一方を指で摘まんで転がした。

「あ、あ、感じる」

三十五歳の熟れ妻が声を震わせて喘ぐ。身をくねらせ、ダブルベッドを軋《きし》ませた。子供もいないし、妊娠している様子もないのに、鈴音のおっぱいはミルクの風味がした。もちろん、母乳など出ていない。

(ああ、美味しい)

愛撫というより味わう舌づかいでねぶり、硬くなった尖《とが》りを吸う。途中、口と手を交代させると、

「あああッ！」

彼女はひときわ甲高《かんだか》い嬌声《きょうせい》を放った。

(え、これがそうなのか?)

凛《りん》と響いた声に、身震いするほど感動する。耳の中に甘いエコーが満たされたようで、もっと聞きたくなった。

なるほど、これが伝説と呼ばれる所以《ゆえん》なのか。

(感じるといい声になるのかな? てことは、選挙カーの中でいやらしいことをしているのかも)

いや、さすがにそんなことはあるまい。気分が高揚したことで喉が開き、美声の魅力を遺憾なく発揮できたのであろう。愛撫をして、いい声で啼かせられたらというのは、まさにこのことだったのだ。

もっと美声を聞きたくて、康太郎は夢中になって舌を躍らせた。

「ああっ、あ、いやぁ、か、感じすぎるぅ」

乱れた声が鼓膜をすり抜け、脳に直接響くよう。熟女の胸元に顔を伏せ、間近で聞いているためもあるようだ。

(おれが鈴音さんを啼かせてるんだ)

ウグイスの鳴き声を聞くというより、女体という素晴らしい楽器を奏でている心持ちにさせられる。康太郎は丹念にねぶり続けた。

乳首をねちっこく愛撫され、鈴音はよがり疲れたのかぐったりし、手足を力なくシーツにのばした。胸が大きく上下し、深い呼吸を繰り返す。

おっぱいはもういいだろうと、康太郎は下半身へ向かった。みぞおちにキスをし、ヘソの窪みを舐める。脇腹を指先で撫でながら。

「くううう、あ――はふぅ」

官能的な呻き声をこぼし、からだのあちこちをピクピクと痙攣させる鈴音は、けれど満足はしていまい。最も快いところを、まだ触れられていないのだ。

そして、早くさわってほしいとばかりに、下肢を割り開く。

そのときには、康太郎は恥叢《ちそう》が視界に入るまで、中心に迫っていた。清めたあとでも、女の部分はすでに本来のパフュームを漂わせているらしい。発酵した趣《おもむき》があって、悩ましくも妙にそそられるものを。

おそらく、すぐにクンニリングスを始めても、彼女は拒まないであろう。だが、自ら快感を求めた人妻を焦らしたくなる。康太郎は秘苑を飛ばして、太腿にキスを浴びせた。

「ううン」

不満げな呻き声が聞こえる。しかし、さすがに自分から口淫奉仕を求めるのはためらわれたようだ。

それをいいことに、汗の塩気が感じられる内腿や、骨っぽくない膝小僧をねっとりと舐めた。

「ね、ねえ」

鈴音がとうとう根負けして呼びかけたのは、臑《すね》の半ばまで進んだときであった。放っておいたら爪先までしゃぶられそうで、そこまで悠長に待てなかったのだろう。

「何ですか？」

わかっていながら訊ねると、頭をもたげた彼女が涙目で睨んできた。

「そっちはもういいから、は、早くして」

焦れったいというより、いっそ待たせられすぎて苛立《いらだ》っている様子である。

「早くしてって、ちゃんとしてますけど。まだ谷を渡りきれていませんし」

「そっちは谷じゃないわ。谷はここよ」

そう言って、脚を大胆に開く。しかも両膝を立てて、M字開脚のポーズで。

（わっ！）

康太郎は心の中で声をあげ、女の苑《その》に視線を注いだ。

短めの恥毛が囲むのは、肉まんが縦に重なったみたいな、綺麗なスリットだ。毛を剃《そ》ってしまえば、幼女のそこと変わりないのではないか。花弁のはみ出しは見当たらないものの、合わせ目はじっとりと濡れ、細かな露をきらめかせていた。

酸味を著しくした牝臭が漂ってくる。清らかな眺めにもかかわらず、劣情を激しく揺さぶられた。谷というよりはクレバスだが、そんなことはどうでもいい。

（これが鈴音さんのアソコ——）

味わいたいという熱望が、胸を衝きあげる。

「ほら、ここにキスして。いっぱい舐めてちょうだい」

大胆な要請に、康太郎はすぐさま応えた。空腹の犬が餌に貪りつくみたいに、湿った谷に口をつける。

「ひゃうぅううううっ！」

軽く吸い、舐めただけで、官能の悲鳴がほとばしる。それも耳に気持ちよくて、舌を裂け目に差し入れた。

トロリ——。

内側に溜まっていた蜜が溢れ出す。ほんのり甘みがあって、粘っこいものが。

（ああ、美味しい）

舌に絡め取ったものを唾液に溶かして飲み、康太郎は渇きかけていた喉を潤した。ラブジュースのお返しに、敏感な花の芽を狙って吸いたてる。

「いいいい、そ、そこぉ」

鈴音は艶腰をガクガクとはずませ、与えられる歓喜に乱れまくった。焦らされていたぶん、快感も大きかったのではないか。

そのため、三分も経たないうちに、悦楽の頂上へ昇りつめる。

「イヤイヤ、い、イクイク、イッちゃう。あ、ああっ、ダメぇえええっ！」

それまでになく綺麗で、耳に残る声を響かせて、人妻がブリッジでもしそうに背中を弓なりに浮かせる。「う、ううっ」と呻いたのち、脱力してベッドに沈み込んだ。

「ふはっ、はあ、はふぅ」

息づかいを大きくして、むっちりボディを波打たせる。柔らかなおっぱいが、ゼリーみたいにぷるぷると揺れた。

（すごいな……）

ぐったりしてエクスタシーの余韻にひたる鈴音を、康太郎は感慨深く見つめた。

耳の中には、まだ彼女の声が残っている。なるほど、伝説のウグイス嬢と呼ばれるのに相応《ふさわ》しいひとだと納得されられた。

(いっそ、選挙カーの中でいやらしいことをしながら瑞紀の名前を言ってもらったら、みんなはもっと聞き惚れるんじゃないか？)

試してみる価値はありそうだと、欲望本位でひそかに策略する。その場合は、選挙カーをマジックミラー仕様に改造する必要があるだろう。

などと、実現しそうもないことを想像していると、鈴音が瞼を開いた。

「……イッちゃった」

トロンとした目で康太郎を見あげ、舌をもつれさせてつぶやく。年齢を感じさせない愛らしさに、ときめきを禁じ得なかった。

「どうだった、わたしの声は？」

「はい。とっても素敵でした。ウグイスなんか目じゃありません」

「ふふ、ありがと」

礼を述べ、彼女が上半身を起こす。やけに艶っぽい目で正面から見つめられ、康太郎はどぎまぎした。

「あのね、わたし、ウグイス嬢をするときには、選挙カーの中でオナニーをしているのよ」

唐突な告白に驚愕する。密かに夢想したことが、まさか実際に行われていたなんて。

「そ、そうなんですか？」

「そのほうが、声がずっとよくなるもの。あなたにもわかったでしょ？」

「はい……たしかに」

「だけど、オナニーじゃなくて、あなたがクンニをしてくれたら、もっと効果があると思うわ」

誘う口ぶりで告げられ、康太郎は狼狽した。そのくせ、淫らな場面を思い浮かべずにいられない。

（おれが鈴音さんのアソコを――）

車の中で、ウグイス嬢をする人妻の足元にうずくまり、秘部をねぶり続けるのか。なんていやらしくて、愉しい選挙運動だろう。

すっかりやる気になった康太郎に、鈴音があきれた眼差しを向ける。

「ひょっとして本気にしたの？」

「え？」

「冗談に決まってるじゃない」

言われて、頬が熱く火照《ほて》る。真偽を考えるまでもない戯《ざ》れ言《ごと》を、簡単に信じてしまうなんて。

だいたい、選挙カーには候補者や責任者など、他に何人も乗っているのだ。そんなことはできっこないと、わかっているはずなのに。

穴があったら入りたい気分に苛まれたとき、人妻の手がこちらにのばされる。

「くううっ」

猛りっぱなしだったペニスを握られ、康太郎は身をよじって呻いた。

「すごいわ、カチカチね。それに、お汁がいっぱいこぼれてる」

敏感な器官をニギニギされ、悦びがいっそう高まる。

「む、室生さん」

「鈴音って呼んで」

「……鈴音さん」

「それじゃあ、今度はあなたのエッチな声を聞かせてもらうわ」

彼女は身を屈めると、屹立の頭部をすっぽりと含んだ。

「あ――むふぅ」

敏感な粘膜に舌を這わされ、くすぐったさを強烈にした快感が生じる。昂奮状態にありながら何もされておらず、康太郎も焦らされたに等しい状態だったのだ。

そのため、感じやすくなっていたらしい。

かった。

(ああ、こんなのって——)

ピチャピチャと無邪気な舐め音が聞こえる。今日会ったばかりの人妻に、フェラチオをされているのだ。クンニリングスで奉仕をしたあとでも、申し訳なくてたまらなかった。

それでいて、性感は急角度で上昇する。

「ふう」

牡《おす》の漲《みなぎ》りから口をはずし、鈴音がひと息つく。唾液に濡れた亀頭は赤みを著しくして、今にもパチンとはじけそうに粘膜が張り詰めていた。

「オチンチン、とっても元気ね。口が壊れちゃいそうだわ」

「すみません……」

「あら、謝らなくていいのよ。次はこれで気持ちよくしてもらうんだもの」

強ばりをひとしごきしてから、彼女が手をはずす。再び仰向けになると、両膝を立てて脚を開いた。

「さ、来て」

こちらを見あげる目は、女の色をあからさまにしていた。

(じゃあ、おれとセックスを?)

愛撫をさせるだけで終わりかと思っていたが、まだ続きがあったとは。これはつまり、気に入られたと見ていいのだろうか。

肉体の交わりまで許してくれるのだ。ウグイス嬢も、きっと引き受けてくれるに違いない。交渉は成功だ。そしていよいよ性交だ。

気が逸《はや》るのを抑えつつ、康太郎は成熟したボディに挑みかかった。契約の調印式に臨むような心持ちで、ハンコではなくチンコを手に。

「ここよ」

反り返る牡根が握られ、入るべきところへ導かれる。尖端がこすりつけられた窪みは、温かく潤んでいた。

イクまでねぶった、綺麗な割れ目が脳裏に蘇る。見た目があどけない感じからして、中はかなりキツいのではないか。きっと心地よく締めつけてくれるであろう。

「いいわよ。挿《い》れて」

太棹の指がほどかれる。康太郎は鼻息も荒く、濡れた洞窟に侵入した。

ぬるん――。

強ばりきった肉の槍が、ほとんど抵抗もなく呑み込まれる。

「くぅうーン！」

熟れ妻が、綺麗な艶声を響かせた。

ふたりの陰部がぴったりと密着し、康太郎はふにふにの女体にからだをあずけた。初対面で予想したとおり、抜群の抱き心地だ。

(なんて、気持ちいいんだ)

ペニスも悦びにまみれる。入るのはスムーズだったのに、迎え入れたあとは柔穴がすぼまって、ぴっちりと隙間なく包み込んでくれたのだ。

「ああん、オチンチン入っちゃった」

聞き惚れるような声で卑猥なことを言われると、いやらしさも格別だ。劣情が煽られ、康太郎は求められずとも腰を動かした。

(うわ、これはよすぎるぞ)

ヌルヌルした感触と、ヒダの粒立ち具合がたまらない。退くときには敏感なくびれをぴちぴちと刺激され、進むときにはどこまでも入っていきそうな感じがした。おかげで、ピストンにも熱が入る。リズミカルに腰を振り、硬さを最大限にキープしたままの分身を抜き挿しした。

「あ、あ、ああっ、やあン、感じる」

煽情的でありながらも、耳に心地よい澄んだ声。それゆえに、もっと淫らなことを言わせたくなった。

「鈴音さんの中、とっても気持ちいいです」

感動を込めて告げると、彼女は「うんうん」とうなずいた。

「わたしも……ああん、硬いオチンチン、好きぃ」

あられもない言葉遣いで答えてくれる。これならいけそうだと、康太郎は確信した。

「おれのがどこに入っているか、言えますか？」

「え、ど、どこって？」

「鈴音さんのここです。すごく濡れていて、おれを気持ちよくしてくれるところ」

禁断の四文字を求めたのであるが、鈴音がにまっと白い歯をこぼした。

「そっか。わたしにいやらしいことを言わせたいのね」

見抜かれているとわかり、急に恥ずかしくなる。「いや、その」とうろたえると、彼女が慈《いつく》しむように目を細めた。

「あなたのオチンチンが入っているのは、わたしの、オ・マ・ン・コ」

一音一音区切って口にされるなり、背すじに甘美な震えが生じた。意識してそうしたのか、いっそう澄み切った声だったため、目眩を覚えるほどに煽情的だったのだ。

「ちゃんと聞こえた？　オマンコよ」

猥語を重ねられ、頭がクラクラする。ケモノじみた衝動に駆られ、康太郎はペニスを荒々しく抽送《ちゅうそう》した。

「あん、あん、それいい。オマンコ感じるぅ」

はしたない言葉遣いでよがったのは、康太郎だけでなく、自身をも高めるためだったのではないか。声が生き生きとして、いっそう煽情的に響いた。

(なんていやらしいひとなんだ)

見た目は明るくて気立てのいい奥様。その実態は伝説のウグイス嬢であり、淫らな熟女でもあったなんて。

康太郎も肌に汗を滲《にじ》ませて、豊満な女体を責め苛んだ。鈴音が喘ぐと、生々しいかぐわしさを増した吐息が、顔にふわっとかかる。

「き、気持ちいい。もっとぉ」

貪欲に快感を求める姿がいじらしい。リクエストに応えて蜜穴を深々と抉《えぐ》ると、彼女はすすり泣いて身悶えた。

「それいい。オマンコの奥がいいのぉ」

美しいよがり声は、さながらクラシックの名曲か。まさに男と女が奏でるシンフォニー。頭の中で歓喜のシンバルが鳴り響く。

夫婦の寝室で人妻と交わるという、背徳的なシチュエーションにも煽られる。やはり夫とはご無沙汰だから、こんなにも激しく求めるのであろうか。

（いや、こんないい声でよがられたら、旦那さんだってやる気になるよな）

毎晩だってしたくなるに違いない。だとすれば、そもそも鈴音自身が、セックスが好きなのだろう。迷い込んだ年下の牡を誘惑するほどに。

熱を持った内部はトロトロに蕩け、煮込んだシチューのよう。それでいて全体の締めつけは緩まないから、康太郎も極上の愉悦にひたった。

おかげで、長く持たせることが困難になる。

（我慢しろよ）

セックスでも鈴音を満足させなければと、自らの上昇を抑え込んで腰振りに精を出す。別の精を出さないように気をつけながら。

ぬちゅ……ピチャ――。

結合部がこぼす卑猥な濡れ音にも、忍耐が弱められる。それに抗《あらが》って女窟を穿《うが》ち続けると、

「くうう、い、イキそう」

鈴音が極まった声を洩らした。

「おれもイキそうです」

同調して告げると、彼女が焦った面持ちを見せた。

「な、中はダメよ」

康太郎とて、人妻を妊娠させるつもりはない。「わかりました」とうなずき、もう少しの辛抱だと自らを励ました。

(絶対にイカせてあげるんだからな)

使命感を胸に、鈴音の感覚を逸らさないよう、リズミカルな腰づかいをキープする。自らが爆発することのないよう、奥歯をギリリと嚙み締めて。

辛抱の甲斐あって、目標を達成する。伝説のウグイス嬢が、高らかなアクメ声を寝室に響かせた。

「ああ、あああ、い、イクイクイク、いやぁあああっ!」

ガクンガクンと熟れボディを暴れさせ、鈴音が快楽の頂上で悶え啼く。煽られて、康太郎も限界を迎えた。

「くううう」

寸前まで堪えてから、肉棒を蜜穴から引き抜く。次の瞬間、雄々しく脈打つ肉根が、鈴口に白い液体をぷくっと盛りあげた。

びゅるんッ――。

白濁のエキスが、糸を引いて放たれる。汗にまみれてわななく、人妻の柔肌に淫らな模様を描いた。

「あう、う、むふぅ」

牡《おす》と牝《めす》の分泌液で濡れた分身をしごけば、さらに多量の牡汁が飛び散る。めくるめく歓喜の中、甘酸っぱい汗の香りを、濃厚な青くささがかき消した。

（ああ、すごく出てる……）

最後は自らの手を使ったものの、満足度はかなり高かった。

ありったけのザーメンを放ち終えれば、深い倦怠《けんたい》に包まれる。脱力感も著しく、康太郎は鈴音の隣に、ダウンするみたいに横たわった。

「ふは、はぁ、は――」

胸を上下させて、足りない酸素を取り込む。鈴音がのろのろと身を起こす気配を感じたものの、何するのも億劫で、まったく動けなかった。

（気持ちよかった……）

麗子とのセックスもよかったが、鈴音も引けを取らない。どっちがいいというものではなく、どちらも素晴らしいのである。

これぞ人妻が、世の男たちにもてはやされる所以なのか。

ティッシュが抜き取られる音が聞こえる。おそらく鈴音が、肌を濡らした精液を拭うのだろう。

少し間があったあと、ペニスが摘まれる。たっぷりと放精した分身は、萎《な》えて下腹に横たわっていたようだ。

「うう」

ムズムズする快さに腰をよじる。てっきりそこもティッシュで拭われるのかと思っていたら、温かく濡れたところにひたった。

(え?)

驚いて顔をあげると、鈴音が股間に顔を伏せているのが見えた。

チュパッ——。

軽やかな舌鼓《したつづみ》と同時に、くすぐったい快感が生じる。体液で濡れた秘茎をしゃぶられているのだ。

(ああ、そんな)

舌が敏感なくびれを執拗にこする。汚れているのに申し訳ないと思ったが、半分は彼女のぶんなのである。だったらかまわないかと考え直したものの、絶頂後の過敏になった粘膜をねぶられ、身悶えせずにいられなかった。

「す、鈴音さん、あああっ」

たまらず声をあげると、彼女が横目でこちらをチラッと見る。けれどフェラチオをやめることはなく、海綿体が充血してペニスがふくらむと、頭を上下させて激しく吸引した。

そのため、時間をかけることなく筒肉がそそり立つ。

「ぷはッ――」

漲りきった陽根から口をはずし、人妻が満足げにほほ笑んだ。

「勃《た》っちゃったわね」

自分がそうしておきながら、他人事みたいに言う。息をはずませる年下の男に淫蕩な眼差しを向け、

「もう一回したい？」

と、誘う言葉を投げかける。もちろん康太郎に異存はなかった。

「は、はい」

「それじゃ――」

鈴音がベッドに両膝と両肘をつく。ケモノのポーズで、たわわな肉尻をぷりぷりと

揺すった。濡れた蜜窟もまる見えだ。

「今度は後ろから入れてちょうだい」

「わ、わかりました」

康太郎は鼻息も荒く、熟れた女体に挑みかかった。

第三章　裏取引は淫行で

1

いよいよ選挙運動が始まった。

運動期間は公示日から投票日前日までの五日間。ごく限られた日数は、知名度のない瑞紀には著しく不利と言えた。

おまけに頼みの綱だった、協同組合からの協力も得られないのだ。前途は多難どころか、難だらけであった。

おまけにウグイス嬢も、鈴音に断られてしまった。麗子のところに電話があり、丁寧な返事があったという。

「ウチよりも先に、現職候補から依頼があったんだって。ま、しょうがないわよね」

麗子はそう言ったものの、不満を隠せない様子だった。勝ち目がないから、不敗神話が崩れないように断ったのだと推察したらしい。

康太郎も同じ気持ちだった。加えて、あれだけ奉仕したのにどうしてという思いがある。

しかしながら、そんなことは誰にも言えない。理不尽な仕打ちも、いい目にあったんだから諦めるしかないと、自らを納得させるしかなかった。

結局、ウグイス嬢は麗子が務めることになった。

これが都会であれば、四六時中名前を連呼せねばならないのであろう。ところが、面積だけは広い田舎町だから、住宅は点在している。声が届く範囲は限られており、ひとりでもどうにかやれそうであった。

麗子たちが所属する女性団体のメンバーが、主な運動員である。あとから入った康太郎はポスターと、選挙広報紙を担当した。政策が効果的にアピールできるよう構図や文言を考え、写真もいいものを選んだ。

畑で再会したときの瑞紀は、正直なところ野暮ったかった。けれど、スーツ姿でメイクもばっちり決めると、見違えるように垢抜けたのだ。また付き合いたいと、惚れ直すほどに。もちろん、本人には言えなかったが。

さらに、演説会の原稿もチェックした。どういう語り口が有権者に響くのかを瑞紀にレクチャーし、事前に何度も練習した。

ふたりきりで過ごすことも多かったため、再会したときに感じた気まずさも、次第に薄らいでいった。とは言え、甘い感情も芽生えない。昔のことを振り返る余裕もないほどに、忙しかったのだ。

そして、いざ選挙運動本番となれば、ますます暇がなくなる。

朝の八時から夜の八時までの一日十二時間、選挙カーで走り回り、街頭演説をする。現職候補は個人演説会を開くようだが、知名度のない瑞紀は聴衆を集められる見込みがない。そのため、とにかく町内をこまめに回り、顔と名前を憶えてもらうことに重きを置いた。

選挙事務所は、シャッターを下ろしていた県道沿いの店舗である。幸いにも無償で借りられた。選挙カーも瑞紀の家の自家用車を使うなど、とにかくお金をかけないようにというのが、運動員たちの合い言葉と化していた。

というより、そもそもお金がないのである。

それでも、ポスターの印刷費やガソリン代、拡声器やマイクのレンタル料金など、出費が避けられないものはある。どうしても必要なものは寄付を募ってまかない、瑞紀も貯金をはたいた。

その他は、たとえば毎日の弁当は、お手伝いの女性たちがおにぎりを作ってしのいだ。街頭演説で配るチラシも自宅のプリンターで印刷するなど、極力経費を抑えたのである。

街頭演説では、女性団体のメンバーが時間の許す限り集まって盛りあげた。みんながそこまで頑張ったのは、とにかく町を変えるために、瑞紀を勝たせたいという熱い思いからであった。

残念ながら、田舎ほど改革を求めない者が多い。高齢者となれば尚さらだ。高齢化の進む奥山町で、三十一歳と若く、しかも女性の町長を誕生させるのは、並大抵のことではなかった。

その困難さと、周囲の期待から来るプレッシャーを最も強く受け止めていたのは、瑞紀自身であったろう。

選挙カーで回るとき、彼女はひとの姿を認めると、窓から笑顔で手を振った。演説会でも聴衆のひとりひとりと握手をし、よろしくお願いしますと頭を下げた。

一日が終わる頃には、ブラウスやスーツが汗を吸ってじっとりと湿り、砂埃だらけになる。そのため毎日洗濯をし、暑いときには一日に二回も着替えなければならなかった。

康太郎は近くにいて、かつての同級生の頑張りに胸を打たれるのと同時に、無力感にも囚《とら》われた。自分のできることがあまりに少なく、焦れったさすら覚えた。

(瑞紀がここまでやってるのに――)

ただ励ましの言葉をかけるだけでなく、力になってあげたい。瑞紀にとって頼り甲斐のある男になりたかった。そうすれば、彼女も少しは楽になれるのに。

選挙カーは、女性団体のメンバーが日替わりでドライバーを務めた。ウグイス嬢の麗子は助手席で、後部座席は瑞紀と康太郎のふたりで坐ることが多かった。

それでも、選挙に関する会話以外のやりとりはなかった。昔の話を、彼女は意識して避けているようであった。

もちろん康太郎も、語るべきことなどなかったが。

時間はあっという間に過ぎ、選挙運動もいよいよ四日目となった。残りは今日と明日のみだ。

民家や人通りのない、山のほうの道を走るあいだ、瑞紀は座席にもたれて目をつぶっていた。軽やかな寝息が聞こえる。

(疲れてるんだな……)

隣に坐って彼女を横目で見ながら、無理もないと康太郎は思った。特に何をするでもなく、こうして選挙カーに同乗しているだけの自分ですら、一日が終わるとくたくたになったのだ。

だが、その程度のことで苦労をしているなんて言えない。瑞紀や他のスタッフたちに比べれば、ずっと楽な役割なのだから。

もっと役に立ちたい。そんな思いは康太郎の中で、日々強くなっていた。

麗子はドライバーの女性と、何やら話している。耳を傾けるでもなく、康太郎もいうとうとしかけたとき、車がカーブに差し掛かった。

（おっと）

遠心力でからだが傾きかけて、目が冴える。すると、同じように傾いた瑞紀が、こちらにもたれかかってきた。

（え？）

康太郎はドキッとした。山道でこんなふうになったのは初めてではないのに、心臓がやけに音高く鳴る。

これまでの彼女は、何事もなかったように身を離したのである。けれど、今は眠っているため、康太郎の肩に頭をのせたままであった。

目を覚まさないのは、やはり疲れているためだろう。起こさないほうがいいなと思っても、髪から漂うシャンプーの残り香や、甘酸っぱい汗の匂いにどぎまぎする。

こんなに密着したのは高校時代、キスをしようと肩を抱いたとき以来ではないか。

自己嫌悪をもたらす記憶すら、今は甘美なものに感じられた。

(まったく、いい大人なのに)

ふたりとも三十路を過ぎているのだ。瑞紀は結婚を経験しているし、康太郎とて童貞ではない。

なのに、どうして思春期の少年みたいに、ときめきが止まらないのだろう。

動揺して目を泳がせれば、彼女の脚が視界に入り、また落ち着かなくなる。今日は膝上丈のタイトスカートを穿いていたのだが、無防備に膝を離しているため、太腿が半分近くもはみ出していたのである。

肌色のストッキングに包まれたそこは、やけに肉感的でなまめかしい。かつての少女が女らしく成熟していることを、嫌というほど思い知らされた。

(——て、何を考えているんだよ)

瑞紀を当選させるべく、みんな頑張っているときに、不謹慎ではないか。

もっとも、帰郷してすぐに麗子と関係を持ち、ウグイス嬢を依頼するために訪ねた鈴音とも快楽を貪ったのである。今さら道徳的になっても遅いのだ。

ふたりの人妻の、あられもない姿が脳裏に蘇る。瑞紀の体温を感じ、こぼれる寝息のかぐわしさにも劣情がふくれあがったとき、

「ん……」

彼女が小さな声を洩らしたものだから、心臓が止まりそうになる。起きるのかと思えば、相変わらず瞼を閉じたままだったので安堵した。

だが、嫌な夢でも見ているのか、眉間にシワが刻まれている。

(ひょっとして、落選した夢なんだろうか)

現実が大変なのだから、せめて夢ぐらい愉しいものを見せてあげたい。思ったものの、そんなことは不可能なのだ。

瑞紀の努力に報《むく》いたい気持ちが大きくなる。自分に何ができるだろうかと考えながら、康太郎は無意識に、彼女の膝をさすっていた。いやらしい気持ちからではなく、そばに寄ってきた猫の頭を撫でるみたいな感覚で。

ストッキングのザラッとしたなめらかさが、やけに心地よい。そのため、まったく意識することなく、手を太腿のほうに移動させる。そちらはお肉の柔らかさも官能的で、撫でるだけでなく、指を軽く食い込ませることまでした。

「ンぅ」

瑞紀がまた声を洩らす。今度はどこか艶っぽく、いつの間にか表情も和らいでいた。

(あれ、夢の内容が変わったのかな？)

怪訝に思ったところでようやく、自分が何をしていたのか気づく。

「わっ」

康太郎は思わず声をあげ、太腿から手を離した。

「え、どうかしたの？」

助手席の麗子が振り返る。瑞紀が康太郎の肩にもたれているのを見て、わずかに眉をひそめた。

「あ、あの、眠っちゃったみたいで――」

その必要もないのにうろたえ、弁明しようとしたとき、聞き覚えのある声が前方から流れてきた。

『――町長候補、高橋幸造《たかはしこうぞう》、高橋幸造でございます』

間違いなく鈴音の声だ。現職候補の選挙カーがこちらに向かっているようである。

「……え？」

敵陣営の声が聞こえたのか、瑞紀が目を覚ます。康太郎にもたれかかっていることに気がつくと、「あ、ごめんね」と謝り、すぐに離れた。

「ああ、ううん」

康太郎は何でもないフリを装ったものの、内心ひやひやだった。幸いにも、彼女は脚をさわられていたことまでは気がついていないようだ。

「瑞紀ちゃん、だいぶ疲れてるみたいね」

麗子のねぎらいに、瑞紀は「ううん、だいじょうぶよ」と首を横に振った。そのあいだにも、相手候補側の声がどんどん大きくなる。

「まったく、ひけらかしてくれちゃって」

麗子が忌々《いまいま》しげに顔をしかめた。

こちらが呼名を控えているのは、高品質の拡声器が高くて借りられなかったため、音量を上げると何を言っているのか聞き取れなくなるからだ。やむなく、ひとがいるところになるべく近づいてから、候補者名を呼ぶようにしていたのである。

だが、向こうの選挙カーは、いい拡声器を使っているらしい。離れていても聞こえるし、しかもうっとりする美声の鈴音がウグイス嬢なのだ。どちらが印象に残るかなんて、比較するまでもなかった。

間もなく、前方に白いライトバンが現れる。現職候補の選挙カーだ。車のサイズも、こちらよりひと回りは大きい。

『毎日のお仕事ご苦労様です。町議五期、町長四期の実績で、町の発展に力を尽くす高橋幸造、高橋幸造でございます。明後日の投票日には、是非とも高橋幸造に清き一票を、どうかよろしくお願いいたします』

さすが伝説のウグイス嬢だけあって、鈴音のアナウンスは淀みない。綺麗な声が、耳にすっと入ってくる。

（くそ……本当なら、鈴音さんはこっちの選挙カーに乗っているはずだったのに）

あの日、必ず引き受けると約束されたわけではない。あくまでも考えると言われただけである。

しかし、クンニリングスでも、それからセックスでも、ちゃんとイカせることができたのだ。彼女も満足したはずなのに、どうして心変わりをしたのかと、小一時間も問い詰めたい気分であった。

もっとも、心変わりではなく、最初から引き受ける気がなかったのかもしれない。だとすれば、康太郎は体《てい》よく弄《もてあそ》ばれたことになる。

やり切れなさに苛《さいな》まれたとき、

『中原候補のご健闘もお祈りしております。お互いに頑張りましょう』

なんと、敵陣営からエールが送られたのだ。

「あ、ちょっと、マイク」

何も準備していなかったため、麗子がかなり慌てる。マイクを手にして、スイッチを入れた途端、ピィ――――とハウリングが大きく響いた。

「やん、もう」

そんな声も、拡声器から流れたのではないか。

「あ、あの、ありがとうございます。高橋候補も頑張ってください」

どうにかお返しの言葉が言えたのは、二台の車がちょうどすれ違うときであった。

(あれ?)

康太郎は目を瞠った。向こうの選挙カーの中に、知った顔を見た気がしたのだ。

それは候補者でも、鈴音でもない。女性であるが、おそらくスタッフのひとりではないか。その人物が、記憶にある誰かと合致したのだ。

(ええと、誰だったかな……)

どこで会ったのか、あるいは写真や映像で見たのか、いくら考えてもわからない。

懐かしいというより、どうしてこんなところでと、意外な感じを抱いた。

(中学の同級生かな?)

同じ町に住む人間なのは間違いあるまい。だとすれば、可能性として大きいのは、同じ学校に通った人間であろう。

だが、同級生だったらすぐにわかるはずだ。そうすると、上級生か下級生か。しかし、世代としてはもっと若かったようである。

どうやら町のどこかで見かけたか、すれ違ったぐらいの相手らしい。それなら名前や素性が思い出せないのも当然だ。

(たぶんそうだな)

間もなく、選挙カーは次の地区に入った。

2

十二時間に及ぶ選挙運動が終わり、あと一日を残すのみとなる。

「お疲れ様でした」

「また明日、頑張りましょう」

瑞紀や麗子、他のスタッフたちが帰路についたあと、康太郎はひとり選挙事務所に残った。少しでもみんなの負担を減らしたいと、事務処理を買って出たのである。

（おれにできることなんて、このぐらいなんだから）

選挙カーの中で、もっと役に立ちたいと思った。その気持ちが続いていたためもあったし、無意識とは言え、瑞紀の膝や太腿を撫でたことへの罪悪感も後を引いていた。

ただ、事務処理とは言っても、使った経費をチェックして、領収書をまとめておくぐらいのものだ。出納《すいとう》責任者は他にいるので、あくまでも補助的な手伝いである。よって、三十分もかからない。

（よし、頑張ろう）

康太郎はさっそくデスクに着き、ファイルを開いた。

もともと食料品店だった事務所は、まだ営業していたときに、康太郎も寄ったことがあった。中学校への通学路の途中にあり、帰りにジュースやアイスクリームを買って飲み食いしたのだ。

食料品店といっても、生鮮食品はあまりなかった。日用雑貨なども置いてあって、昔で言う万屋《よろずや》のような店であった。

ちなみに店舗兼住宅ではない。十坪もない敷地のほとんどを店舗が占め、あとはトイレがあるぐらいだ。店が営業をやめたあと、車庫になっていたのを帰省したときに見たことがあった。

そういう場所だから、選挙事務所として使うのには手頃だったのである。何もなかったところにデスクやソファなどを運び込み、今は事務所らしくなっている。選挙のときの定番、大きな達磨《だるま》も棚の上に鎮座しており、両目が開くのを待ちわびていた。

とにかくあと一日頑張って、投票結果を待つのみだ。苦しい戦いどころか、巨人に挑むちっぽけな虫みたいなものだが、最後まで諦めずに頑張ろう。

意気込みを新たにしたこともあって、事務処理は予定よりも早く終了した。書類をスチールケースにしまい、デスクの上も片付ける。

（さて、帰るか）

最後に事務所内を見回したとき、入り口の戸がカラカラと開いた。

「え？」

スタッフの誰かが戻ってきたのかと振り返る。しかし、そこにいたのはスタッフでも、瑞紀でもなかった。

（あ、このひとは――）

昼間、現職陣営の選挙カーの中にいた、見覚えのある人物。リクルート学生みたいな、黒の地味なスーツを着た若い女性だ。

その時点でも、康太郎は誰なのかを思い出せなかった。そのくせ、なぜだか胸騒ぎを覚えたのである。

「久しぶりですね、先生」

懐かしむ面差しで声をかけられるなり、霧が晴れたみたいに記憶が蘇る。

「……佐藤《さとう》か？」

恐る恐る確認すると、彼女は嬉しそうに両手をパチンと合わせた。

「はい、そうです。憶えていてくれたんですね」

ニコニコ笑顔を前にしても、康太郎の顔は強ばるばかりであった。憶えていたというより、記憶に否応なく刻みつけられたというほうが正しい。その上に、思い出さないようベールをかけてあったのだ。

彼女——佐藤和香奈《わかな》は、康太郎が教育実習をしたときの教え子であった。


大学で教員免許を取得するため、康太郎は母校の高校に教育実習を申し込んだ。教科は社会科で、指導教官が担任する一年生のクラスに配属された。

そのクラスにいたのが和香奈である。

高校生ぐらいの少女には、年上の男に惹かれる者も多いらしい。康太郎のように見た目に華がなくても、興味を持ってくれる女子生徒がいた。休み時間などに、数名のグループからよく話しかけられたのだ。

和香奈はその中のひとりだった。特に積極的で、相談という口実でふたりっきりになりたがったし、ボディタッチもけっこうされた記憶がある。

その頃の康太郎は、瑞紀とのことを引きずって、異性とは距離を置いていた。また、仮にそうでなかったとしても、そもそも未成年の、まだ十五、六歳の少女を相手にするはずがない。生徒を異性として見るのは厳禁だと、教育実習の心得として厳しく指導されたのである。

和香奈には手紙ももらったが、たわいもない内容だった。特に好きだとか、惚れた腫れたみたいな文言はなかった。読んだあとどこかにしまって、そのままになったはずだ。

ただ、あとになって振り返り、あの手紙は気を引く意図でくれたのだろうという結論に至った。手紙に限らず、すべての行動においても然《しか》りだ。彼女は思わせぶりな態度で自分に興味を抱かせ、男のほうから誘いたくなるよう仕向けていたのだ。

まさに小悪魔の手練手管か。若いのに末恐ろしいと、康太郎は身震いをせずにいられなかった。

何事もなく東京に戻れたのは、幸いだったろう。手を出すつもりはなかったとは言え、罠を仕掛けられたのは事実である。結果的に、彼女の独り相撲で終わったが。

そんなことがあったものだから、ほぼ十年ぶりに再会しても、素直に喜べなかったのだ。何か魂胆があるような気がして。

おそらくそれは、防衛本能が働いたためもあったのではないか。


「昼間、選挙カーですれ違ったときに、目が合いましたよね？」

和香奈がにこやかに言う。康太郎のほうは、目が合ったなんて意識はなかったが、彼女はこちらをしっかり見ていたのかもしれない。

「そうだったかな……？」

「わたしだって、すぐにわかりました？」

「いや、わからなかったよ」

「そうですよね。あの頃よりずっと、オトナっぽくなってますから」

そういうのは自分で言うことではなく、他人が指摘するものだ。思ったものの、何を言っても通じない気がして、康太郎は聞き流しておいた。

とは言え、大人っぽくなっているのは事実である。

あの当時十五歳だとすれば、今は二十五歳か。あどけなかった面立ちも、成長してすっかり女性らしくなった。まさに美少女から、美女へと羽化したふうに。

そう。確かに愛らしい少女だったのである。そのことを本人も自覚して、自分を好きにならない男はいないと、当時はたかをくくっているように感じられた。

だからこそ直接的にではなく、思わせぶりなアプローチをしていたのだろう。男に惚れさせ、悦に入るために。

「佐藤は、高橋陣営のスタッフだったんだな」

かつての教え子と敵対するのは、あまり気分がいいものではない。まあ、教え子とはいっても、教育実習で二週間しか付き合いがなかったのだ。そこまで気にかける必要はないだろう。

すると、意外な答えが返ってきた。

「高橋幸造は、わたしのお祖父《じい》ちゃんなんです」

「え？　だって苗字が――」

「お祖父ちゃんの娘の子供がわたしです。お嫁に行って、母は苗字が変わったんです」

そういうことかと、康太郎はいちおう納得した。

「じゃあ、お祖父ちゃんの選挙の手伝いをしてるのか？」

「手伝いっていうか、興味があったんで、選挙カーに乗せてもらったんです」

「興味？」

「もしかしたら、先生と会えるかもしれないと思って」

「え、どういうこと？」

「実はわたし、奥山町の役場で働いているんです。お祖父ちゃんに紹介してもらって。まあ、臨時の職員ですけど」

和香奈の話によると、転入手続きで役場を訪れた康太郎を、彼女は偶然見かけたのだという。それから、麗子と親しげに言葉を交わし、指切りするところまでも。

あとで麗子が、町長選挙の手続きの件で役場にいたと知り、康太郎も選挙のスタッフになるのではないかと推測したそうだ。それを確認するために祖父の選挙カーに乗り込み、相手陣営と遭遇することを期待したという。

「たぶん選挙カー同士ですれ違うか、街頭演説で鉢合わせるんじゃないかと思ったんです。同じ町の中で、選挙運動で行くところなんて限られていますから」

「つまり、おれが中原陣営にいるかどうか確認するために、選挙カーに乗っていたのか？」

「はい、そうです。役場のほうも、今日は休みをもらえたので」

「わざわざそんなことをしなくても、最初から事務所へ来ればよかったじゃないか」

「でも、わたしがお祖父ちゃんの孫だって知っているひとが事務所いたら、嫌じゃないですか。スパイしに来たって、疑われるかもしれないし」

田舎町の選挙で、そこまで疑心暗鬼になる者などいまい。というより、役場に勤めているのなら、立候補者の運動員の名前ぐらい、簡単にわかりそうな気がするのだが。

もっとも、臨時の職員ということだし、部署が違うと簡単には調べられないのかもしれない。今は情報の管理が厳しいから。

いや、言葉どおりに受け取らないほうがよさそうだ。彼女は高校生のときと同じで、今も直接的なアプローチをせず、相手側が意識するよう仕向ける手段をとっている可能性があった。

（選挙運動のあいだも、もしかしたらおれの視界に、何度も入っていたんじゃないのか？）

だが、康太郎は周囲に目を配る余裕などなかった。仮に和香奈がいたとしても、気がつかなかったであろう。選挙カーに乗っていたことがわかったのだって、単なる偶然に過ぎないのだ。

「で、先生がいるってわかったから、思い切って来てみたんです。外から覗いたら、先生ひとりしかいなかったし、これはチャンスだなって」

夜間は引き戸や窓にカーテンを引いているが、完全に中が見えないわけではない。隙間があるし、そこから中の様子を窺ったのだろう。外は暗いから、明るい中がはっきり見えたに違いない。

(待てよ。チャンスって何だよ？)

ただ会いに来たわけではなさそうな口ぶりに、康太郎は不吉な予感を覚えた。これまでと違い、夜間に直接訪問するなど、いよいよ最終手段に出たようでもある。

やって来た目的を確認するより先に、和香奈が質問してくる。

「先生は今回の選挙で、新人候補が勝てると考えてるんですか？」

挑発的な眼差しに、康太郎は思わず怯んだ。

「勝てるって、みず——中原候補が？」

「はい」

「結果は投票が終わるまでわからないからね。当選できるように頑張ってるよ」

「だけど、冷静に分析して、勝てる要素があると思いますか？」

「いや、それは……」

「そっちの候補には、実績も知名度もないんですよ。後援会も支持団体もなくて、いったい誰が票を投じてくれるんですか？」

辛辣《しんらつ》な発言に苛立ちを覚えたものの、彼女の言っていることは少しも間違っていなかった。

「若さと将来性に期待してくれるひとだっているさ」

せめてもの反論も、若い娘は一笑に付した。

「こんな町に、先のことまで考えているひとなんていませんよ。お年寄りばかりなんですから。将来よりも、今の生活が大事なんです」

それも一理どころか、五理も十理もあって、康太郎は何も言い返せなかった。

(何だよ。そんな厭味《いやみ》を言うために来たのか？)

嫌がらせではないかと、腹が立ってくる。教育実習のとき相手にしなかったことを、まだ根に持っているのだろうか。

「ただ、中原さんが町長になる方法はありますよ」

「え？」

「お祖父ちゃんが失職すればいいんです。選挙違反で」

「いや、仮に失職しても、こっちが繰り上げ当選とはならないだろ」

「だけど、選挙はやり直しになりますよね。刑罰が科せられなくても連座制が適用されれば、五年間は立候補ができなくなります。そうすると、お祖父ちゃんは再出馬できません。今の町の様子を見ても、他に立候補する人間はいなさそうですから、中原さんがまた立候補すれば、無投票当選になるんじゃないでしょうか」

理路整然と述べられ、康太郎は思わず感心した。

(なるほど……選挙で当選するより、そのほうが現実的かも)

納得しかけたところで、肝腎なことに気がつく。

「それは高橋候補が選挙違反をしているって前提での話だよね。仮に、本当に違反をしているのだとしても、証拠がなければ立証できないよ」

「証拠ならありますよ」

さらりと告げられ、康太郎は目が点になった。

「え、あるって?」

「二重帳簿とか、日付や金額を偽《いつわ》った領収書とか、買収のための秘密の口座とか、いくらでも」

「そ、それを手に入れられるっていうのかい?」

「はい。お望みであれば」

きっぱりと言い切るということは、本当に在処《ありか》を知っているのか。だが、どうして孫の彼女が、そんなものを差し出すのだろう。

「佐藤は、お祖父ちゃんに町長を続けてもらいたくないのかい？」

「そうですね」

「どうして？」

訊ねると、和香奈は少しだけ表情を曇らせた。

「昔は、お祖父ちゃんが自慢だったんです。議員や町長を長く務めて、みんなから尊敬されていましたから。だけど、わたしも大人になって、裏の部分がいろいろと見えてきたんです。それこそ選挙違反のこととか、利権に関することとか」

政治の裏を知ったがために議員秘書を辞めた康太郎には、素直に共感できるものがあった。彼女の場合、身内であるがゆえに、表立って非難できない部分もあるのではないか。

「それに、お祖父ちゃんももう年ですから、引退してほしいんです。長く続けていても、晩節を汚《けが》すばかりですから。これまでのことも、膿《うみ》を出し切れば楽になれるでしょうから、残りの人生を穏やかに過ごしてほしいんです」

それは孫としての思いやりであったろう。

(お祖父ちゃんの裏の部分を見て、この子もけっこう苦しんでいたのかもな)

小悪魔だなんて決めつけたのは、穿《うが》った見方だったかもしれない。根は真面目な子なのだと、素直に信じられた。

しかしながら、そう思わせるのも彼女の計略だったのか。

「そういうことなら、是非見せてもらいたいな。その証拠を」

選挙運動が残り一日となった今では、ヘタに告発したら妨害工作だと非難されかねない。和香奈が言うとおり、当選後に明らかになって、失職してもらったほうがよさそうだ。康太郎は密かに策略を練った。

「いいですよ。但し、条件があります」

「え?」

「わたしを抱いてください。今、ここで」

これには、目一杯うろたえるしかなかった。

「だ、抱いてって、どうして——」

「教育実習のとき、わたしがいくらアプローチしても、先生はわたしを相手にしてくれませんでしたよね?」

「いや、相手をしないなんてことはなかったと思うけど……相談されたときには、うまく話せた自信はないけど、いちおうアドバイスだってしたんだし」

「でも、当たり障《さわ》りのないことしか言ってくれませんでした。あと、手紙の返事もくれなかったじゃないですか」

そう言えば手紙を渡されたとき、返事を待っていますと言われたことを、今になって思い出した。

「いや、ごめん。すっかり忘れてて」

「わたし、先生が好きだったんですよ」

いきなりのストレートな告白にも、康太郎は答えるべき言葉が見つからなかった。ただ、あくまでも過去形のようだから、恋慕を引きずっているわけではないらしい。

「だから振り向いてもらいたくて、わたしは勇気を振り絞って話しかけたのに。先生は、わたしなんて眼中になかったんですね」

非難する眼差しにも、戸惑いしか感じない。あの頃は、そんな健気《けなげ》な少女だなんて思いもしなかったのである。

「わたし、欲しいものは手に入れないと、気が済まない性分なんです」

尊大な態度を示され、康太郎はそらきたと思った。ワガママなお嬢様が口にしがちな、典型的な台詞《せりふ》である。いよいよ本性が出てきたようだ。

「こうしてまた先生に会えたのは、きっと神様がわたしに与えてくれたご褒美なんです。今度こそ好きにしてもいいよっていう」

自分本位な考えを押しつけられて鼻白む。ご褒美扱いなんて、こちらの都合や人格を無視した言いぐさではないか。

「べつに、ずっと付き合ってくれなんて言いません。わたしはただ、一度抱いてもらえれば満足なんですから」

和香奈がすっと前に出る。目を細め、挑む視線を向けてきた。

「もう高校生じゃないんだし、かまわないですよね。わたしたち、大人の男と女なんですから」

色めいた微笑に、康太郎の知っている美少女の面影は、微塵も感じられなかった。

3

外から覗かれないようにカーテンを隙間なく閉じ、窓も入り口も施錠する。明かりもスタンドライトをひとつ残して、天井の蛍光灯はすべて消した。

密やかな行為のお膳立てが整うと、和香奈は上気した面持ちで目を潤ませた。

「夢みたい……わたし、あのときも先生とこうなりたかったんです」

言葉だけなら、純愛を貫いた少女のものに聞こえる。だが、それこそ彼女の祖父のことではないが、裏の顔も見せられたあととあっては感動などできない。

(つまり、高校生なのにおれとセックスしたかったっていうのか?)

あのとき、すでにバージンではなかったのか。だとしても不思議じゃないなと、康太郎は胸の内でうなずいた。

ふたりは、三人掛けのソファに並んで腰掛けた。選挙事務所内にベッドなどあるはずがなく、コトを行える場所はそこだけだ。

彼女が漂わせるのは、爽やかなコロンに汗の含まれた、若々しくもなまめかしい香りだった。おかげで、気持ちは冷めていたはずなのに、劣情がジワジワとこみ上げる。

「佐藤は、おれのどこが気に入ったんだ」

距離が近くなり、息苦しさを覚えつつ訊ねると、和香奈は困ったふうに眉根を寄せた。

「ええと……優しくて、真面目そうなところ」

抱いてほしいと願うには、あまりに頼りない理由である。要はその程度のものであり、恋に恋する思春期の少女が、大して魅力のない年上の男に舞い上がっていただけなのだ。

そのことを認めたくなくて、意地を張っているのだろう。見た目はともかく、まだ大人になりきれていない証拠だ。

(要はワガママなお嬢様に振り回されているってことか)

実際にお嬢様かどうかはともかく、そう割り切ったほうが康太郎も気が楽だった。

あくまでも選挙違反の証拠を手に入れるべく、交換条件で奉仕するのだと。

(これも瑞紀のためなんだ)

自らに言い聞かせ、年下の娘に顔を近づける。

「佐藤——」

呼びかけると、彼女は首を小さく横に振った。

「下の名前で呼んでください」

「……和香奈」

「せんせ——康太郎さん」

フルネームをちゃんと憶えていたらしい。そんな些細なことに好感を抱いたのは、気持ちを高めないと最後までできない気がしたからだ。

「キスするよ」

告げると、和香奈がコクンとうなずく。瞼を閉じ、そっと唇を突き出した。

（なんだよ、可愛いじゃないか）

今になってときめきを覚えつつ、康太郎は唇を重ねた。彼女の背中に腕を回し、強く抱きしめる。

「ンぅ」

小さく呻いただけで抵抗することなく、和香奈が唇を緩める。温かな吐息がこぼれたのに誘われるように、康太郎は舌を差し入れた。

（……おれ、教え子とキスしてるんだ）

単なる教育実習生だったのであり、先生と生徒の禁断の関係にはほど遠い。しかも、すでに彼女は大人になっているのだ。

それでも、さっきまで先生と呼ばれていたためか、許されないことをしているという意識がなかなか消えない。もしかしたら、町のことを真面目に考えて選挙に望んでいる瑞紀に、罪悪感を覚えたためなのか。そもそもこの場所は、彼女の選挙事務所なのである。

（おれ、どうしてこんなことをしてるんだろう……）

そんなためらいを打ち消したのは、和香奈の舌だった。康太郎のものに戯《たわむ》れ、絡みついてきたのだ。

くすぐったさに、背すじがゾクゾクする。甘い唾液はまさに禁断の味というふうで、背徳感がふくれあがった。同時に、うっとりする快《こころよ》さも。

深いくちづけを交わしながら、背中をさする。彼女のほうもこちらに腕を回し、甘えるみたいにしがみついてきた。

親密なスキンシップが、ふたりのあいだにあった垣根を取り払う。熱い抱擁とキスで、心も溶け合うようであった。

唇が離れると、ふたりのあいだに粘っこい糸がつながる。それは一瞬のことで、すぐに切れてしまった。

けれど、繋がりはいっそう深まっていた。

「キスしちゃった」

恥じらいを浮かべた面差しに、愛しさがふくれあがる。

「もう大人のキスができるようになったんだな」

からかうでもなく告げると、上目づかいで睨んでくる。

「子供扱いしないで」

「じゃあ、ここもさわっていいんだね」

背中の手をふたりのあいだに移動させ、胸のふくらみにかぶせる。スーツ越しのため、弾力も柔らかさもそれほど感じられなかった。

「そ、そこは――」

和香奈がなぜだか狼狽する。

「え、どうかした？」

訊ねると黙りこくったから、今さら恥ずかしくなっただけのようだ。

康太郎は、彼女のジャケットの前を開いた。ブラウスのボタンも、ひとつずつゆっくりとはずす。白い肌が覗き、その面積が大きくなるにつれ、甘ったるい匂いが強まった。

そのあいだ、和香奈はじっとして、されるままになっていた。殉教者みたいに、覚悟を決めたふうな面差しで。

中に着けていたのは、白のブラジャーだ。レース飾りも控えめな、清純っぽいデザイン。カップとカップのあいだにある、ピンク色のリボンが愛らしい。

「可愛い下着だね」

褒めると、彼女が恥ずかしそうに俯く。やけにしおらしい態度に、康太郎は胸の鼓動を高めた。

(ワガママなお嬢様ってわけじゃないのかも)

いや、これも見せかけかもしれないと気を引き締める。

ベッドもないただの事務所で、さすがに素っ裸にするわけにはいかない。康太郎はブラウスの裾《すそ》をスカートから引っ張り出すと、背中のほうに手を差し入れた。ブラジャーのホックをはずすために。

(あれ、ここかな?)

手探りのため、少々まごつく。帰郷以来、ふたりの人妻と関係を持ったとは言え、女性経験は豊富ではないのだ。

しかし、かつての教え子の前で、みっともないところは見せられない。落ち着けと自らに言い聞かせ、どうにかホックをはずすことができた。

ブラのカップが浮きあがる。それを上にずらすと、あどけない盛りあがりの乳房が現れた。

「ああん」

和香奈が嘆き、鼻をクスンとすする。おっぱいが小さいことを気にしているらしい。服の上からさわられて狼狽したのは、コンプレックスゆえだったのか。

そのくせ、桃色の乳首はツンと突き立って、自己主張をする。早くさわってとせがむみたいに。

無言のリクエストに応えて、康太郎は小指の先ほどの突起を摘まんだ。

「あふン」

色めいた喘ぎがこぼれ、半脱ぎの上半身がピクンとわななく。ソファの上のヒップも、モジモジと物欲しげにくねった。

「敏感なんだね」

耳元で囁くと、彼女は「バカぁ」となじりながらも、切なげに呼吸をはずませた。

(もっと気持ちよくしてあげるよ)

心の中で告げ、甘酸っぱい香りをたち昇らせる胸元に顔を伏せる。指で摘まんでいるのとは別のほうに唇をつけた。

「はひっ」

軽く吸っただけで、若腰がはずむ。指よりも、このほうが快いようだ。

康太郎は舌を乳頭に這わせた。唾液をたっぷりと塗り込めてから、チュッチュッとついばむように吸う。

「やぁん、そ、それ、気持ちいいッ」

悦びを素直に訴え、フンフンとせわしなく鼻息をこぼす。指と口を交代させると、よがり声がいっそう派手になった。

「くぅうーン。へ、ヘンになっちゃう」

おっぱいへの愛撫だけで、早くも乱れそうな雰囲気だ。

(けっこう経験しているみたいだな)

若い肉体は、すでに性の歓びに目覚めているらしい。男をほしがるのも当然だ。

淫らな反応と甘い体臭に煽《あお》られて、康太郎も欲望をふくれあがらせた。一層激しく舌を律動させ、硬くなった突起をはじく。

「むふッ」

乳首を吸いながら太い鼻息をこぼしたのは、股間の高まりをさわられたからである。

「あん……康太郎さんの、おっきくなってる」

声を震わせて報告した和香奈が、手指を強ばりに沿ってすべらせる。快感が高まり、康太郎も腰をくねらせた。

(やっぱり積極的だな)

早くもしたくなっているのだろうか。

そのとき、康太郎は重要なことを思い出した。一日選挙カーに乗っていたあとで、股間はかなり蒸れているのだ。

くない。
（あ、まずい）
そんなところをさわらせるのは申し訳ないし、若い娘にくさいなんて馬鹿にされた
「ちょ、ちょっと待ってて」
胸元から顔をあげ、股間の手もはずさせると、康太郎はデスクのところに急いだ。
そこにウエットティッシュがあるのだ。
デスクの陰で、ソファのほうに背中を向ける。ズボンとブリーフを下ろして、濡れ
紙で陰部を素早く拭った。
すでに硬くそそり立っていたペニスの、匂いが付着しやすいくびれ部分は、丁寧に
清める。敏感なところだけに感じてしまい、たまらず呻いてしまう。
「むぅ」
焦って口許を引き締めたが、和香奈には聞こえなかったであろう。
汗と匂いを拭き取ると、康太郎はブリーフだけを引っ張り上げ、ズボンを脱いだ。
スーツの上着やネクタイと一緒に、デスクの椅子の背もたれに掛ける。
股間を清めたのは、彼女にもわかったであろう。しかし、それだけが目的ではない
と思わせたかったのだ。

「お待たせ」

ソファに戻ると、和香奈は膝をそろえてちょこんと坐っていた。おっぱいがまる出しだから、愛らしくもエロチックだ。

「何をしてたんですか？」

真っ直ぐに問いかけられて面喰らう。ひょっとして、見ていなかったのだろうか。

「いや、スーツがシワになったらまずいから」

それだけが目的であったかのように答えると、「ふうん」とうなずく。康太郎は小さく咳払いをして誤魔化し、彼女の隣に腰掛けた。

「和香奈も脱ぐ？」

「……はい」

ジャケットを肩からはずすのを手伝い、スカートは康太郎が脱がせた。

若い下半身を包むのは、黒のパンスト。そこに透けるのは、ブラジャーとお揃いらしき白いパンティだ。

太腿は意外に肉づきがよく、ムチムチして美味しそうだ。ソファに沈むヒップも、けっこうボリュームがあるかに見える。

劣情を滾《たぎ》らせつつ、脱がせたものを前のテーブルに置き、再び抱き合う。

手をブラウスの中に入れれば、背中は汗で湿っていた。彼女もずっと選挙カーに乗っていたらしいから、そのためだろう。

さっきブラジャーのホックをはずしたあたりは、特に湿り具合が著しい。おまけに、ベルトの痕《あと》が指先で触れただけでわかった。

（痒《かゆ》そうだな）

なんとなくそんな気がして、康太郎は掻《か》いてあげたのである。

「ああ……」

和香奈がうっとりした声を洩らす。本当に痒かったらしい。

「ありがとうございます」

しばらくして礼を言われ、もういいのかなと手を抜く。すると、彼女が感激した面持ちで見つめてきた。

「……優しいんですね、康太郎さん」

「え？　ああ、いや」

「だからわたしは、好きになったんです」

しかし、あの頃はこういうふれあいなどなかったはず。教育実習では、特に異性の生徒に触れるのは御法度だったのだ。和香奈はボディタッチをしてきたが、康太郎はむしろそこから逃げるようにしていたのである。

それとも、こういう状況では優しく接してくれるはずと、少女ながら女の勘か何かで察したというのか。

妙に照れくさくなって、康太郎は手を女体の下半身にのばした。ナイロンの薄物に包まれた太腿を撫でると、肌のぬくみと柔らかさが感じられる。

おかげで、選挙カーの中で瑞紀の膝を撫でたときの感触が、自然と思い出された。罪悪感がぶり返しそうになり、浮かんだものを焦って打ち消す。今は目の前の娘に集中しようと、手を太腿のあいだに差し入れた。

それに対抗するように、和香奈も再び牡の中心に手をのばす。

「うう」

ブリーフ越しに握られたペニスが、快さにしゃくり上げる。だったら自分もと、康太郎は手を奥まったほうへ移動させた。

進むにつれて蒸れた熱さが増す。到着したところは、汗ばんだ背中以上にじっとりしていた。

(もう濡れてるのか？)

中心をほじるようにすると、和香奈が「あん」と声をあげる。それ以上触れさせまいとしてか、太腿がキツく閉じられた。

それでも、指の動きを完全に封じることは不可能だ。窪みを圧迫するようにこすると、若腰が左右にくねった。

「あ、あっ」

こぼれる声がトーンを上げ、呼吸もはずみ出す。彼女は抗うように秘茎を強く握り、それでは埒が明かないと思ったか、手をゴムにくぐらせて直に握った。

「むうぅ」

指の柔らかさをダイレクトに感じて、悦びが何倍にも増大する。康太郎も負けじと、恥芯に指先を食い込ませた。

「いやぁ、そ、そこぉ」

感じるポイントにどんぴしゃりだったようで、和香奈が声と腰を震わせる。だが、パンストにパンティと、遮るものが二枚もあっては物足りなかったはず。

「これ、脱がしていいよね」

許可を求めると、彼女は「は、はい」とうなずき、ペニスから手を離した。

腿の付け根からはずした指を、パンストのゴムに引っかける。途中でパンティも道連れにして、二種類の下穿きは女らしく成長した脚をくだった。

「いやぁ」

下半身をあらわにされて、和香奈が嘆く。康太郎はソファからおりて前に跪《ひざまず》き、むっちりした太腿を大きく開かせた。

(これが和香奈の——)

いよいよ禁断の園を目撃したのである。

恥叢は薄かった。ひょっとして剃っているのかと、目を疑ったぐらいに。よくよく見れば、恥丘の真下に刻まれたクレバスから這い出すみたいに、短めのものがぽわぽわと萌《も》えていた。肌の白さに紛れるぐらい淡い色で、明かりも少なかったから生えていないように見えたのだ。

むわ——。

秘められたところに顔を寄せると、熟成された趣の恥臭が濃厚に漂う。汗とオシッコ、それから分泌物の混じった、牡を昂《たかぶ》らせるフェロモンだ。

(うう、たまらない)

若いから新陳代謝が活発なのか、同じく洗ってなかった麗子のものより、酸味が強くて生々しい。もちろん、個人差もあるのだろうが。

上目づかいで確認すれば、彼女は涙目で横を向いていた。羞恥帯を見られるのが居たたまれないのだ。

こちらに注意を向けていないのをいいことに、康太郎は女芯に口をつけた。

「えー――キャッ、ダメっ！」

和香奈が悲鳴をあげ、逃げようとする。だが、舌が敏感なところに触れると、裸の腰回りを強ばらせた。

「あ、あふぅ」

喘いで、内腿を痙攣させる。乳首と同じで感じやすいようだ。

いや、それ以上に敏感と見える。康太郎が舌を躍らせると、「イヤイヤ」と声をあげて身悶えた。

「ダメです、そこ……いやぁ、よ、汚れてるのにぃ」

やはり匂いや付着物が気になるのだろう。

可哀想《かわいそう》かなと思いつつも、正直なパフュームに昂奮させられたのは事実。感じれば気にならなくなるだろうと、合わせ目に舌をこじ挿《い》れる。中に隠れていた花びらをほじり出し、さらに奥も探った。

「きゃううううっ」

敏感な粘膜を直舐めされ、ソファの上でヒップがはずむ。坐っていられなくなったのか、彼女はからだを横に倒した。

おかげで、康太郎は舐めやすくなった。片脚を上げさせ、頭を横にして股ぐらに突っ込む。

ぢゅッ、ぢゅるっ――。

派手な音を立てて恥割れを吸うと、

「やめてよ、ば、バカぁ」

和香奈は涙声でなじった。もちろんやめる道理はない。それに、こんなのはまだ序の口だ。

「ひっ――ダメダメ、キタナイのぉっ！」

彼女がさらに大きな声で抗ったのは、康太郎が頭を深く差し入れ、会陰《えいん》から肛門にまで舌を這わせたからだ。

そこが排泄口であると、もちろんわかっている。尻の谷間は蒸れた汗の匂いが強かったが、アヌスは色素も淡くて可憐な眺めだった。そのため、舐めずにいられなかったのだ。

「ううう、バカぁ、ヘンタイ」

罵られても平気である。若くて健康な女性のからだはどこも清らかで、すべての味と匂いが貴重なエッセンスなのだから。

恥ずかしいツボミをねぶられて、最初はイヤイヤをするように尻をくねらせる和香奈であったが、そのうちおとなしくなった。何を言っても無駄だと、諦めたのかと思えば、

「んふ……あああ、あふぅ」

悩ましげに喘ぎだしたから、肉体を快感に支配されたのではないか。

舌先で悪戯《いたずら》される放射状のシワが、くすぐったそうに収縮する。可憐な反応にも煽られ、汗の塩気が消えるまでねぶってから恥割れに戻ると、白みを帯びた愛液が溢れんばかりに溜まっていた。

(やっぱり、おしりの穴でも感じてたんだ)

こうなると、全身が性感帯と言える。

それでも、最も快いのは、やはりクリトリスであった。フード状の包皮を脱ぎかけた肉芽を吸うと、横臥《おうが》したボディが大きく波打った。

「あああああ、そ、そこぉ！」

嬌声を張り上げた和香奈が、柔らかな内腿で康太郎の頭を強く挟む。むちむちした心地よさで、かえって年上の男をうっとりさせるとは思いもしないのか。

おかげで、クンニリングスにも熱が入るというもの。

秘核を重点的に責め、溢れてきたラブジュースをすする。甘みと粘りを増したそれは、まさに女体の蜜であった。

(ああ、美味しい)

不思議なもので、彼女の分泌物を味わうことで、警戒心が消えてゆく。何か裏があるのかと身構えてしまったが、本当は純真で、自分の気持ちに真っ直ぐなだけなのではないか。

「あ、ああっ、あん……ダメぇ」

よがる声も胸に響く。もっと感じさせてあげたいと、舌づかいが自然と慈しむものになった。

それを察したのか、和香奈も悦びを素直に受け止められるようになったらしい。

「いやぁ、そ、それいい。感じすぎちゃうぅ」

声音が甘えるものになり、太腿の締めつけが緩む。下腹がもっとしてとねだるみたいに、ヒクヒクと波打った。

ずっと横にしている首が痛くなってくる。それでも快感を与えることに集中していると、彼女がまたも抗いだした。

「い、イヤ、もうやめて」

腰をよじり、クンニリングスから逃れようとする。急にどうしたのかと訝《いぶか》りつつ、それでも敏感なところをついばんでいると、

「お、お願い……イッちゃいそうなのぉ」

悲愴をあらわに訴えられる。どうやら昇りつめるところを見られたくないらしい。だが、そんなふうに嫌がられると、かえっていやらしい姿を拝みたくなる。

康太郎は秘核ねぶりを続けた。和香奈がすすり泣き、「ダメダメ」と切なげに身悶えるものだから、さすがに可哀想になってきたものの、

(これも大人になるための試練なんだ)

と、勝手な理由をつけて舌を動かす。ここまで抵抗するということは、どんなに派手なオルガスムスなのかと期待をふくらませて。

「ううう、ホントにダメなの……あ、ダメ、イッちゃう」

若腰がビクンビクンと跳ねる。息づかいもハッハッと荒くなった。

(よし、もう少しだ)

硬くなった尖りを舌先で小刻みにはじくと、抗っていた肢体がぎゅんと強ばる。

「イヤ——あっ、はッ、あふ」

和香奈が太腿をピクピクと痙攣させる。「うう、ううウッ」と長く呻いたのちに脱力した。からだをソファに投げ出し、深い呼吸以外の反応をしなくなる。

（え、イッたのか？）

康太郎は拍子抜けした。どんなに派手な声をあげるのかと愉しみにしていたのに、やけにおとなしい絶頂だったからだ。

あんなに嫌がったことが、さっぱり理解できない。とは言え、それこそトイレと一緒で、他人には見せないプライベートな部分なのである。セックスを生業にするＡＶ女優を別にすれば、夫や恋人でもない相手には見られたくないのではないか。

（おれのことを好きだったって言ったし、だから余計に恥ずかしいのかも）

そう考え、やりすぎたかもしれないと反省する。横臥して瞼を閉じ、愉悦の余韻からなかなか抜け出せない様子の女の子に、心の中で謝った。

（ごめんな）

汗を滲ませた額に張りついた髪を、康太郎はそっとよけてあげた。

4

半開きの唇から吐息をこぼす彼女は、目をつぶっているからいたいけな印象が強い。二十代の半ばでも、まだ大人になりきれていない危うさも感じた。

おかげで、康太郎はますますわからなくなった。

(この子はどんなつもりで、おれに抱かれにきたんだろう……)

高校時代に手に入らなかったものを、今こそ我が物にしてやると意気込んできたのか。最初はそんなふうに受け取めたものの、どうも違う気がする。

もしもそうなら、こんな無防備であどけない顔は見せないのではないか。

間もなく、和香奈が瞼を開く。焦点の合っていなさそうなトロンとした目で、康太郎をぼんやりと見つめた。

「イッたの？」

確認すると、我に返ったらしい。「イヤッ」と声をあげ、両手で顔を隠した。

「ううう、も、バカぁ」

ここまで恥ずかしがるということは、間違いなく頂上に達したのだ。

「ごめんな。和香奈があんまり可愛いから、意地悪しちゃったんだ」

その程度の謝罪では、彼女は満足できなかったようだ。

「だ、だからって、あんなに舐めるなんて……洗ってなかったのに——」

素のままの匂いや味を知られたことまで思い出したのか、目が涙で潤みだした。

「本当にごめん。和香奈のアソコはすごくいい匂いだったし、どうしても舐めたくて我慢できなかったんだ」

「嘘ばっかり。く、くさかったくせに」

「そんなことないさ」

言葉だけでは信じてもらえないだろうと、康太郎は膝立ちになった。横臥した彼女の目の前に、ブリーフの股間を差し出す。

「もしもくさかったり、嫌だったりしたら、ここが小さくなるはずだろ」

あからさまにテントを張った牡のシンボルに、和香奈が目を見開く。息を呑み、頬を紅潮させた。

それから、怖《お》ず怖ずと手をのばす。

「むふっ」

柔らかな指で敏感な器官を捉えられ、太い鼻息がこぼれる。彼女は高まりを遠慮がちにさすってから、指を折ってくるみ込んだ。

「あん、硬い」

泣きそうな声で言い、また鼻をすする。

「わかっただろ。おれは和香奈の匂いも味も、全部気に入ったんだよ」

「……おしりの穴もですか？」

辱《はずかし》められた仕返しなのか、強ばりを強く握った。

「あうう。う、うん。おしりの穴も可愛かったよ」

「……ヘンタイ」

なじりながらも、和香奈は機嫌を直してくれたらしい。というより、猛々しいイチモツに心を奪われた様子だ。

「これ、脱いでください」

「ああ、うん」

指がはずされると、康太郎はブリーフを膝まで落とした。逞しく反り返る肉根に、濡れた視線が真っ直ぐに注がれる。

「すごい……ピクピクしてる」

そこが幾度もしゃくり上げたのは、若い娘の視線に羞恥を覚えつつも、妙に誇らしかったからである。

「これでわかっただろ」

問いかけに、彼女がコクリとうなずく。もっとも何がわかったのか、質問したほうもされたほうも、深く考えていなかったのではないか。

「じゃあ、今度はわたしの番ですね」

「え？」

「ここに坐ってください」

和香奈が身を起こし、康太郎はソファに腰をおろした。その脇に、彼女がちょこんと正座する。

下半身は裸で、上半身もブラウスがはだけられている。ブラジャーのカップがずれて、あどけないおっぱいがこぼれているためもあり、どこか痛々しく映った。

それゆえに、そそられたのもまた事実。

「こんなになっちゃって……」

つぶやいた和香奈が屹立を握る。ゆるゆるとしごき、小さなため息をついた。

「でも、うれしいかも」

「え？」

「わたしといっしょにいて、こんなになってくれたんだから」

恥じらいの笑みに、胸の鼓動が高鳴る。思わず抱きしめたくなったものの、それよりも早く彼女が身を伏せた。そそり立つ秘茎の真上に。

「むううう」

亀頭が温かく濡れたものに包まれる。その部分は黒髪に隠れて見えないものの、何をされたのかなんて考えるまでもなかった。

(和香奈がおれのを――)

かつての教え子に、ペニスを咥えられたのだ。これ以上に背徳的なことがあるだろうか。

だが、彼女はふくらみきった穂先を口に入れたまま、じっとしている。まるで、どうすればいいのかわからないというふうに。

(え、したことがないのか？)

これが初めてのフェラチオだとでもいうのか。もしもそうなら、セックスも未経験である可能性が大きい。

だとすると、好きだった男にバージンを捧げるため、ここへ来たことになる。康太郎がうろたえかけたとき、和香奈が顔をあげた。

「……ずるいです」

こちらを見あげて眉をひそめる。康太郎はさっぱり訳がわからなかった。

「……ずるいって？」

オウム返しで訊ねると、彼女が手にした肉根を乱暴にしごいた。

「あああ、う、ううッ」

快感がふくれあがり、たまらず身をよじると、和香奈はふくれっ面《つら》でなじった。

「自分ばっかり、オチンチンを綺麗にして。わたしは恥ずかしい匂いまで嗅がれたっていうのに」

どうやらペニスを口にしたものの味がせず、匂いもなかったものだから、不公平だと思ったらしい。

(それじゃあ、あのときおれがウエットティッシュで股間を拭いたのを、和香奈はわからなかったのか？)

咥えて初めて、そうだったのかと悟ったらしい。

「いや、男と女は違うからさ」

苦しい弁明に、眉間のシワが深くなる。

「何が違うんですか？　わたしだって、康太郎さんのオチンチンの匂いを嗅ぎたかったのに」

言ってから、はしたない発言だと気がついたようだ。彼女は頬を紅潮させ、目を泳がせた。

「は、恥ずかしいこと言わせないでください」

べつにこちらが誘導したわけではない。勝手に告白したのである。

理不尽な物言いに、腹は立たない。むしろ愛しさが大きくなる。

「ごめんな」

譲歩して謝ると、和香奈が気まずげに目を伏せる。そのまま頭を下げて、筒肉を唇の狭間に迎え入れた。

チュッ――。

軽く吸ったあと、舌が遠慮がちに回りだす。清涼な唾液を、粘膜にまんべんなく塗りつけるみたいに。

「くうう」

快感よりも、くすぐったさの強い舌戯だ。呻きがこぼれ、腰がわななく。

テロテロ……。

小さな舌が這わせられるのは、限界まで膨張した亀頭のみ。根元を握った手も動かされず、ただ執拗に敏感な粘膜を責められていた。

（うう……気持ちいいけど）

もっと激しくしてもらいたい状態が続いている。ひょっとして焦らしているのかと思えば、そうではなかったようだ。

「ふう」

顔をあげた和香奈がひと息つく。康太郎に困った顔を見せた。

「わたし、上手じゃないですよね」

諦めた口ぶりで言う。

「いや、そんなことないけど。すごく気持ちいいし」

「ううん。自分でもわかってるんです。だって、そんなにしたことないから」

「え、どうして？」

「恥ずかしいじゃないですか。オチンチンを口に入れて舐めるなんて」

どうやら行為そのものに羞恥を覚え、することに抵抗があるらしい。

「だったら無理しなくてもいいよ」

康太郎が告げると、彼女はかぶりを振った。

「ううん。わたしがしたいんです」

「だけど、恥ずかしいんだろ？」

「でも、わたしはいっぱい気持ちよくしてもらったから、ちゃんとお返しがしたいんです」

健気な言葉に胸が熱くなる。やっぱりいい子なんだなと、康太郎は確信した。

「だったら、いっしょにすればいいよ」

「え、いっしょに」

「おれがここに寝るから、和香奈は反対のほうを向いて上に乗って──」

シックスナインの体勢を説明すると、彼女が首をかしげる。どうやらやったことがないらしい。

だからこそ、言われるままに従ったのではないか。

「やん。こ、これって──」

行為の全容を理解したのは、ソファに仰向けで寝た康太郎の上に、逆向きで重なってからであった。

「え、どうしたの？」

「この格好だと、まる見えじゃないですか」

「いっしょに舐めるんだから、お互いのアソコが見えなくちゃできないだろ」

「え、いっしょにって、そういう意味だったんですか?」

振り返った和香奈が驚きをあらわにする。では、どういう意味だと思っていたのだろう。

「これなら、相手には舐めているところを見られないし、恥ずかしくないと思うぞ」

「は、恥ずかしいに決まってるじゃないですか。アソコを見られちゃうんですよ」

「それもお互い様だよ。おれだって和香奈にチンチンを見られて恥ずかしいんだから」

煙に巻く発言で、彼女は混乱したようであった。どうすればいいのかわからなくなったふうに、「で、でも」とうろたえる。

「とにかく、一度やってみればいいんだよ」

康太郎は白くて丸いヒップを両手で掴み、自分のほうに引き寄せた。

「キャッ、ダメっ!」

悲鳴があがり、中腰だった和香奈がバランスを崩す。年上の男の顔面に、まともに坐り込むことになった。

(おおお)

康太郎は大いに感動した。張りがあってぷりぷりした若尻との密着感が、この上なく素晴らしかったのだ。

しかし、彼女のほうは、恥ずかしいどころの騒ぎではなかったであろう。

「イヤイヤ、バカぁ」

懸命に抗い、尻をくねらせて逃げようとする。もちろん康太郎はそれを許さず、華芯に舌を差し入れた。

「あひッ」

和香奈が腰をガクンとはずませる。さっき絶頂させられたばかりで、感じやすくなっていたようだ。

「あ、ああっ、だ、ダメぇ」

抵抗もままならなくなったふうに、全身から力が抜けたのがわかった。康太郎に体重を預け、ハッハッと息づかいを荒くする。

「そ、そんなにされたら、ヘンになっちゃいますぅ」

ヘンになってもらいたくて始めたのであり、まさに思惑どおりだ。ほころんだ花弁の狭間を狙って舌を上下させれば、臀部がピクピクと痙攣した。

「あ、ああっ、しないでぇ」

恥じらう姿に劣情を煽られたのは確かながら、彼女は突っ伏して嘆くばかりで、ペニスを握ってもいなかったのである。一緒に快感を享受しなければ、この体勢になった意味がない。

「むう……わ、和香奈もおれのを」

陰部に熱い息を吹きかけながら求めると、ようやく漲り棒に指が絡みつく。だが、しごくのもままならなかったらしく、強く握りしめるので精一杯というふうだ。

(ま、しょうがないか)

急かすのも可哀想だと、シワが多い花びらの縁を舐めていると、いきなり屹立を深々と咥え込まれた。

(え⁉)

しかも、最初からチュウチュウと、激しく吸引されたのである。

恥ずかしすぎて我を失い、訳もわからずしているのか。それとも、ここまであられもない格好をさせられたのだから、どうにでもなれと開き直ったのか。

どちらにせよ、さっきのような覚束《おぼつか》ないしゃぶりかたではない。舌もねっとりと絡みつけてきたのである。

「むふっ」

康太郎は鼻息を吹きこぼし、腰をよじった。それで勇気づけられたみたいに、和香奈がいっそう大胆に舌鼓を打つ。

ちゅ――ちゅぱッ。

舌もせわしなく回り、敏感なくびれ部分を狙ってくる。そこが感じるポイントであると、いちおう知っているのだろうか。

康太郎も負けじと女芯をねぶった。ところが、和香奈はさっきほどには乱れない。感じているのは確かなようながら、反応は薄かった。

おそらく、男に奉仕することに気持ちを入れて、自身の快感を受け止める余裕がないのだろう。

（ええい、だったら――）

舌をのばし、可憐なツボミをチロチロとくすぐる。けれど、彼女はわずかに身じろぎをし、その部分を悩ましげにすぼめただけであった。

そうなると、不利なのは康太郎である。何しろ、弾力があってなめらかなおしりと密着し、かすかに蠢《うごめ》く恥ずかしい部分も見せつけられているのだ。

さらに、唾液を塗られた陰部が放つ淫らな匂いを嗅ぎ、舌にはラブジュースの粘つきと味が残っている。耳に届くのは、男根を吸いねぶるいやらしい音で、それに同調して悦びも高まっていた。

つまり、五感のすべてを制圧された状態だったのである。

(ああ、まずい)

否応なく上昇するのを悟り、焦りまくる。もう観念するしかなさそうだ。

康太郎は蜜園から口をはずし、声を震わせて訴えた。

「そ、そんなにされたらイッちゃうよ」

ところが、和香奈はおしゃぶりの舌を緩めない。それどころか頭を上下させ、すぼめた唇で筋張った肉胴をこすったのだ。あまり経験がないと言ったのに、この場で本能的に学び取ったというのか。

「うう、あ、駄目だよ。気持ちよすぎるって。もう降参する。勘弁してくれ」

情けなく白旗をあげても同じこと。ねちっこいフェラチオで、ペニスは蕩《とろ》ける歓喜にまみれた。

(まずい。本当に出る)

射精させられるのは、べつにかまわない。まだセックスをしていないが、もう一度勃《た》たせればいいだけのことだ。

康太郎が躊躇したのは、この体位だと彼女がほとばしりを口で受け止めることになるからだ。寸前で口をはずすにしても、顔にザーメンがかかってしまう。かつての教え子をそんな目に遭《あ》わせるのは、さすがに心苦しかった。

「なあ、本当に出ちゃうよ。わかるだろ？　もうすぐ精液が出るんだよ」

ストレートに伝えると、その瞬間、舌の動きが止まった。ようやく理解したのかと安堵すれば、またもチュパチュパと舌鼓を打たれる。

「お、おい」

どうやら本当に、口の中でイカせるつもりらしい。

フェラチオをしたことがあまりないのであれば、口内発射は未経験であろう。罪悪感がこみ上げたものの、それを凌駕するほどに射精欲求も高まっていた。

（ええい。和香奈がしたいのなら、好きにさせればいい）

もう大人なのだから、自分のことは自分で決めるべきだ。それは決して教育的な判断ではなく、要は欲望に負けたのである。

そのとき、柔らかな指が陰嚢に触れる。そこも性感帯だと知ってなのか、それとも偶然触れただけなのか。

どちらにせよ、優しく揉まれたことで限界を迎えた。

「あ、あっ、いくよ。で、出る」

康太郎は総身を震わせ、愉悦の濁流に身を投じた。熱い滾りが蕩ける快感を伴って、屹立の中心を駆けあがる。

びゅるんッ――。

最初の飛沫《しぶき》が噴きあがった瞬間、からだがバラバラになるのを感じた。

「むう、ううう、う――ふああ」

射精のときにそこまで声をあげたのは、初めてではないだろうか。放精に合わせて和香奈が強く吸ったために、強烈な絶頂感が長く続いたのである。

最後の一滴まで深い悦びの中で放ったのち、倦怠感が訪れる。康太郎はぐったりして手足をのばした。

(すごすぎる……)

尚もからだのあちこちをピクピクと震わせていたのは、ペニスが温かな口内にひたっていたからだ。徐々におとなしくなるものを慈しむみたいに、舌が這わされていた。

そして、完全に縮こまってから、ようやく口がはずされる。

「ふう」

ひと息ついた和香奈が、のろのろと身を剝がす。まだ全身が気怠かったものの、康太郎もからだを起こした。彼女が心配だったのだ。

「だいじょうぶかい?」

並んで坐ってから問いかけると、和香奈がきょとんとした顔を見せた。

「え、何がですか？」

「いや……ひょっとして、おれのを飲んじゃったの？」

いちおう確認すると、コクンとうなずく。急に恥ずかしくなったのか、康太郎から視線をはずした。

「前にも飲んだことあるの？」

「……初めてです。お口に出されたのも」

「だったら、どうして？」

「どうしてって……飲みたかったんです。初めて好きになったひとのものだから」

この告白に、康太郎は驚きを禁じ得なかった。

(初めてだって？　それじゃ――)

彼女にとって、自分は初恋の相手だったというのか。

あまりのことに言葉を失った康太郎を、和香奈が横目でチラチラと見る。迷った素振りを見せてから、ようやく顔をこちらに向けた。

「さっき、康太郎さんのどこを好きになったのか、わたしに訊ねましたよね」

「ああ……」

「ひとを好きになるのに、たぶん、理由なんてないと思います。好きっていうのは感情で、感情に理由を当てはめるのは、そう簡単じゃありませんから」

やけに理屈っぽいことを言うなと思ったが、確かにその通りである。

「じゃあ、おれのことも？」

「はい。気がついたら好きになってました」

上目づかいで見つめられ、ドキドキする。まさかそこまで純粋な気持ちだったなんて、想像もしなかった。

それどころか、男慣れした少女の手練手管だと誤解していたのだ。

(そうすると、あのときは勇気を振り絞って、おれに話しかけていたのか)

手紙に好きという言葉がなかったのも、思わせぶりで書かなかったのではない。恥ずかしくて書けなかったのだろう。

もちろん、彼女の本当の気持ちを知ったからといって、当時はそれに応えることはできなかった。教育実習生という立場であったのに加えて、相手はまだ十五歳の少女だったのである。

それに、瑞紀との交際で生じた罪悪感も引きずっていたから。

だが、穿った見方さえしなければ、もう少しマシな対応ができたのではないか。和香奈だって、初恋を大切な思い出として、そっと胸にしまえたはずだ。

　こうして抱かれるためにやって来たのは、叶わなかった恋にけりをつけるためだったのだろう。彼女がそこまで思い詰めたのは――、

（全部おれのせいなんだ）

　自己嫌悪が募る。独り相撲をしていたのは他ならぬ自分自身だったのだと、落ち込まずにいられなかった。

「……ごめんな」

　謝るだけでは気が済まず、和香奈を強く抱きしめる。

「あん」

　彼女は小さな声を洩らすと、嬉しそうにしがみついてきた。康太郎の背中をポンポンと叩き、

「謝らなくていいんですよ」

　と、慰めてくれる。

「いや、だけど……おれは和香奈を傷つけたんだし」

「そんなことないですよ。そりゃ、教育実習が終わって、康太郎さんが東京に帰ったあと、寂しくて泣いちゃったこともありましたけど。でも、わたしはまだ子供でした

から、逆にわたしたちがいい関係になったら、それはそれで困ったことになったと思いませんか」

そこまで理解できるだけ、彼女は大人になったのである。

「それこそキスしたり、オチンチンを舐めるなんて、今だからできるんですよ」

冗談めかして言われ、気持ちがすっと楽になる。

「たしかにそうだな」

身を剝がすと、和香奈が見つめてくる。澄んだ眼差しに胸打たれたのと同時に、初めて十年前の面影が重なって見えた。

(見た目は大人っぽくなっても、中身は変わっていなかったんだな)

あの頃の気持ちを大切にしていたからこそ、こうして繫がりを求めに来たのだ。

「和香奈……」

愛しさに駆られ、キスしたくなる。顔を近づけると、彼女も瞼を閉じた。

ところが、もうちょっとでふれあうというところで、和香奈が目を開いたのである。

「だ、ダメ」

焦りをあらわに、康太郎の胸を押して拒む。

「え、どうして?」

「だって、わたし……康太郎さんのを飲んだから」

ザーメンを受け止めたあとの唇でキスするのを、申し訳ないと思ったようだ。

その程度のことでくちづけができないほど、康太郎は冷たい男ではなかった。そもそも自分のものだから、拒む道理はない。

「気にしなくていいよ」

無理矢理抱きしめ、強引に唇を奪う。彼女は寸前まで抵抗したものの、ふれあった途端おとなしくなった。

「ンふぅ」

小鼻をふくらませ、切なげに息をはずませる。それは少しも青くさくなく、清涼なかぐわしさであった。

康太郎はためらうことなく、舌も差し入れた。

ピチャ——。

重なった唇から水音がこぼれる。ふたりの舌が戯れ合い、唾液が行き交った。

和香奈の唾はさっきと変わらず甘くて、粘つきも妙な味もしない。本当の気持ちがわかって愛しさが増したぶん、くちづけも濃厚になった。

唇を交わしながら、康太郎は彼女の手を、自身の中心へ導いた。

軟らかくなった秘茎が、しなやかな指で捉えられる。何を求められているのか察したようで、和香奈は優しく揉んでくれた。

そのあいだも、キスは続く。康太郎は汗ばんだ背中をさすり、女らしく成長したおしりも揉み撫でた。

情愛が行き交うことで、快さもふくれあがる。海綿体に血液が舞い戻り、容積を増した。

秘苑をまさぐると、そこは温かく潤んでいた。彼女もその気になっているのだ。

「はあ」

長いくちづけが終わり、和香奈が息をつく。勢いを取り戻した肉根をしごき、悩ましげに眉根を寄せた。

「こんなに硬い……」

つぶやいて、顔を伏せる。屹立のてっぺんにキスをして、舌をくるくると回した。

「おお」

康太郎は快さに呻き、ソファの上で尻をくねらせた。好きにさせていたのは、それほど長くしゃぶらないとわかっていたからである。

事実、亀頭全体を唾液で濡らすと、和香奈は顔をあげた。

「これ、挿れてください」

康太郎は黙ってうなずいた。

彼女がソファに仰向けで寝て、両膝を開いて立てる。男を迎えるポーズが恥ずかしいのか、

「来て」

と、両手を差し出した。

康太郎がからだを重ねると、ふたりのあいだに入った手が分身を導く。濡れ園に切っ先をこすりつけ、充分に潤滑した。

「いいですよ。挿れてください」

求める眼差しに、康太郎は「わかった」と答えた。

男を導くのに慣れているから、処女ではない。そのことに安堵する気持ちと、残念がる気持ちの両方が、康太郎の中にあった。

「行くよ」

康太郎はそろそろと身を沈めた。肉の槍が狭い入り口をこじ開け、ぬくみにひたる面積が徐々に大きくなる。

ぬるっ——。

関門を乗り越えれば、あとは深々と侵入する。

「あふぅ」

和香奈がのけ反り、胸を大きく上下させた。

彼女の中は熱く、まといつくものが心地よく締めつけてくれる。それによってもたらされる快感よりも、ひとつになれた喜びのほうが大きかった。

「入ったよ」

感動を込めて告げると、閉じていた瞼が開かれる。

「はい……わたしたち、結ばれたんですね」

潤んだ目が見つめてきた。

「うん、そうだよ」

「うれしい」

感激の笑顔を見せた和香奈が、ふと表情を曇らせる。

「あの……ごめんなさい」

「え、何が？」

「わたし、生意気なこと言っちゃったから。欲しいものを手に入れないと気が済まないとか、康太郎さんのことを、神様がくれたご褒美みたいなことも言ったし」

「ああ」

「そのぐらい強く言わないと、抱いてもらえないんじゃないかって思ったんです」

わざわざ謝られなくても、ここまでの流れで、きっとそうだろうとわかっていた。

けれど、彼女は言わずにいられなかったのだ。

そのとき、康太郎は不意に察した。和香奈がここへ来た本当の理由を。

「和香奈は、好きな男がいるんだろ？」

問いかけに、彼女が肩をピクッと震わせる。「そんなこと――」と否定しようとしたらしいが、諦めたふうにかぶりを振った。

「……わたし、これまでふたりぐらい彼氏ができたんですけど、どっちもうまくいかなくて。もしかしたら、わたしは恋とか愛とか、大切なことをまったく理解しないまま大人になったんじゃないかって、そんな気がしたんです」

「それで、初恋からやり直すことにしたってわけか」

「はい。役場で康太郎さんを見て、これは神様が与えてくれたチャンスなんだって思ったんです」

言ってから、和香奈は恥ずかしそうに首を縮めた。

「ごめんなさい。また神様とか言っちゃって」

「いや、いいよ。和香奈はそれだけ悩んでたんだから」

「わたしは今日、康太郎さ——先生に、いっぱい教えてもらいました。ありがとうございました」

また先生なんて呼ばれて、背中がくすぐったくなる。

「いや、おれのほうこそ、和香奈にはいろいろと教えられたんだよ」

「え、わたしに？」

彼女が怪訝な面持ちを見せる。それから、何か閃いたふうに「ああ」とうなずいた。

同時に膣が締まって、快さが広がる。セックスの途中であることを、今さら思い出した。

「ひょっとして、先生も好きなひとがいるんですか？」

訊《き》かれるなり、脳裏に瑞紀が浮かぶ。だが、彼女については、好きなんて単純な言葉で済ませられないのだ。

「そういうことじゃなくて、おれも恋愛ではうまくいかなかったからさ。でも、和香奈と会って勇気をもらったよ」

「え、それだけ？」

合点のいかなそうな顔をされ、康太郎は咄嗟に話を変えた。

「ところで、和香奈はおれから何を教わったって？」

「あ、ええと、恋愛を理解したかどうかはまだわかりませんけど、きっと大切だなって思うことが見つかりました」

「なに？」

「好きなひととだったら、恥ずかしいことも気持ちいいんだって」

悪戯っぽく目を細められ、康太郎は苦笑した。

「それじゃあ、次に彼氏ができたら、洗ってないアソコを舐めてもらうのかい？」

「そ、そんなことさせませんよ」

うろたえながらも、和香奈の目があやしくきらめいている。さすがに、そこまで大胆にはなれずとも、男女の行為に対して抱いていた決めつけを、いくらかでも取り払えたのではないだろうか。

「ようするに、お互いに頑張らなくちゃいけないってことだな」

「そうですね」

うなずいた彼女の膣奥を、康太郎は勢いよく突いた。

「きゃううッ」

愛らしくも煽情的な声がほとばしり、若い女体がわななく。

「せ、先生、いきなりすぎます」

「こら、先生なんて呼ぶなよ。やりにくいだろ」

「あ、はい」

「じゃあ、もっと優しくするからな」

「はい、お願いします」

従順な教え子の中心を、康太郎はゆっくりした動きでかき回した。蜜穴が柔らかく蕩け、馴染んでくると、抽送の速度を徐々にあげる。

「あ、あ、あん、こ、康太郎さぁん」

息をはずませ、二の腕にしがみつくのが愛らしい。

「和香奈の中、とっても気持ちいいよ」

「わ、わたしも……ああん、オチンチンが、中で暴れてるぅ」

和香奈は奥を突かれるのがお好みらしい。深々と抉《えぐ》ると、よがり声が甲高くなる。

中をこすられるのももちろん快いようで、うっとりと甘い喘ぎ声をこぼした。

ただ、膣感覚はそれほど開発されていないらしい。クンニリングスのときのようには上昇しそうになかった。

一方、甘美な締めつけを浴びている康太郎は、そうはいかない。口の中にほとばしらせたあとでも、いよいよ危うくなってきた。

「和香奈、おれ、もう」

終末が迫っていることを伝えると、彼女は息をはずませながらうなずいた。

「い、いいですよ。このまま――」

「え？」

「な、中に出してください。わたし、康太郎さんの全部を受け止めたいんです」

口内発射させたのと同じく、好きだった男のエキスはすべて我が物にしたいのか。

「いいの？」

「はい。もうすぐ生理ですから」

そこまで計算しているのなら、心配ないだろう。

「わかった。それじゃあ、中に出すからね」

「はい……ああん、いっぱい突いてぇ」

リズミカルにペニスを出し挿れし、奥の熱いところまで穂先を送り込む。そこは煮込んだみたいに蕩けていた。

（うう、気持ちいい）

鼻息を荒くして、康太郎は腰を振り続けた。溜まりきった悦楽の溶岩が、フツフツと煮えたぎるのを感じながら。

(あ、いく――)

勃起の根元で爆発が起こる。そこから発生した悦びが、全身に行き渡った。

「むううう、で、出る」

呻くように告げるなり、目の奥で火花が散る。粘っこいものが、ペニスの中心を貫いた。

びゅくんッ――。

放たれたザーメンが子宮口ではじける。

「ああーン」

和香奈が切なげな声をあげた。

第四章　誓いの交わり

1

翌日、選挙運動の最終日——。

（やっぱりもらっておけばよかったかな……）

選挙カーの後部座席で揺られながら、康太郎は後悔を嚙み締めた。他でもない。和香奈に存在を伝えられた、対立候補の選挙違反に関する資料だ。

いらないと断ったのは、ふたつの理由に因る。ひとつは、それを受け取ったら、和香奈との行為が単なる取引の結果になってしまうからだ。

もちろん彼女は、そんなふうには考えないだろう。心が通い合った上で結ばれたのであり、大切な思い出として胸に秘めておくはずなのである。

だからこそ余計に、交換条件であったものを求めたくなかった。

もうひとつの理由は瑞紀である。そういうものが手に入ったと知って、果たして彼女が喜ぶだろうかと考えたら、絶対にそうはなるまいと確信できたのだ。ただ勝つことにのみこだわる人間ではないのだから。

むしろ、どこから入手したのかを問うだろう。もちろん本当のことは言えないし、逆に不正をして手に入れたと疑われる恐れもある。それは好ましくない。

かくして、使い道に困るだけだという結論に至り、和香奈に必要ないと告げたのである。

しかしながら、明日の投票結果のことを考えると、決断を誤ったかもしれないと思わずにいられない。確かに、瑞紀もスタッフも頑張ったけれど、それで当選できるような甘いものではないのだ。

(絶対に無理だよな)

十中八九、瑞紀は落選だろう。かくして不正をした現職が当選し、代わり映えのない町政が続くことになる。

それを阻止するためにも、あの資料は必要だったのではないか。

(べつに瑞紀に見せなくても、選挙のあとでしかるべきところに、匿名《とくめい》で提出すればいいんだ。それで今の町長が失職すれば、瑞紀がまた立候補して町長になって、町を変えることができるんだから――）

「くそ、早まった」

思わずつぶやいてしまい、隣に坐っていた瑞紀に怪訝な顔をされる。

「え、何が早まったの？」

「――ああ、何でもない。ただの独り言だよ」

その場は誤魔化したものの、後悔の念はなかなか消えなかった。

最後の十二時間、新人陣営のスタッフはそれこそ死に物狂いで頑張った。女性団体のメンバーも総動員で、選挙運動を盛りあげたのである。

おかげで、一日が終わって事務所に戻ったときには、みんな疲れ切っていた。

「選挙運動、お疲れ様でした。わたしのために、ここまでご尽力くださって、心から感謝申し上げます」

スタッフの前で、瑞紀は深々と頭を下げた。

「明日はいよいよ投票日です。結果は終わるまでわかりませんけど、たとえどんな結果になろうとも、わたしの皆さんへの感謝の気持ちは変わりません。本当にありがとうございました」

感極まったふうな挨拶に、全員が涙ぐむ。この様子を目にしたら、きっと誰もが瑞紀に投票するのではないか。いや、きっとそうに違いないと、康太郎は思った。

解散となり、それぞれが帰路につく。康太郎は瑞紀に歩み寄り、「お疲れ」と声をかけた。

すると、彼女が思い詰めた眼差しを向けてくる。

「康太郎君、このあと時間ある？」

「え？　ああ、うん」

「ちょっと付き合ってもらいたいんだけど」

「いいけど、どこに」

「……行けばわかるわ」

思わせぶりな台詞《せりふ》に胸が高鳴る。ふたりの関係が中途半端なままだったことも思い出し、康太郎は無性に落ち着かなくなった。

2

瑞紀が運転する車に乗り、夜の道を走る。田舎町ゆえ街灯は少なく、日が完全に暮れた今はほぼ真っ暗闇であった。

(どこへ行くつもりなんだ?)

ヘッドライト以外の明かりがないものだから、ますます不安を覚える。これがサスペンスドラマなら、間違いなく殺されて死体を遺棄されるところであろうが、もちろんそんなことにはなるまい。

心配なことは、もうひとつあった。

「運転、代わろうか?」

ハンドルを握る瑞紀に声をかける。選挙運動のあとで、かなり疲れているはずなのだ。それは康太郎も同じであったが、彼女よりはマシのはず。

「ありがとう。だいじょうぶよ」

「いや、でも」

「慣れていないと難しい道だし、康太郎君が運転したら、かえって危ないわ」

ということは、山道でも走るつもりなのか。

向かっている先がどこなのか、康太郎は間もなくわかった。暗くても、見覚えのある道だったからだ。

(あ、ここって――)

砂利道の林道は、麗子の車に乗って走った記憶がある。この先にあるのは、瑞紀と再会したあの山の畑だ。

(てことは、仕事が残っているのか?)

選挙運動で農業のほうがおろそかになり、植え付けなり収穫なりが遅れているのだとか。その手伝いのため、助っ人として呼ばれたのかもしれない。

だとすれば、行けばわかるという思わせぶりな言い方も理解できる。これから農作業を手伝えなんて、さすがに言えないだろうから。

こうして山まで連れてこられたら、言いなりになるより他に道はない。ひとりでは帰れないからだ。

(ま、しょうがないか)

瑞紀も鬼ではないから、こんな夜に重労働は求めないだろう。彼女のために頑張ると誓ったのであり、役に立てるのなら本望だ。

車を降りると、スマホのライトを頼りに畑のほうへ進む。やはり目的の場所はそこなのだ。

そのとき、一帯が青白い光で照らされた。

(え?)

らしい。

驚いて空を見あげると、月が輝いていた。厚い雲に隠れていたものが、顔を出した
おかげで、ライトを消しても迷いなく歩ける。

「こっちよ」

瑞紀が先導する。着いたところは、前に麗子も交えて話をした草っ原だった。近く
に木があって、根元に畳んであったブルーシートが広げられた。

「ここ、坐って」

「あ、うん」

康太郎は瑞紀と並んで腰をおろした。

(……農作業をするわけじゃないみたいだな)

道具もないし、着替えもしていない。瑞紀はパンツスーツのままだし、康太郎とて
スーツにネクタイ姿なのだ。

目を遠くに向ければ、町の明かりが見える。山の稜線も夜空との境界をくっきりさ
せ、昼間ほどではないが自然の雄大さを感じた。

「夜の山も、けっこういいものでしょ」

彼女の言葉に、康太郎は「うん」とうなずいた。

「わたしは、この町が好きなの。自然が豊かで、空気が綺麗で、ずっとここで農業をしていきたいのよ」

「うん……」

「だから町長選に出て、この町をもっとよくしたかったんだけど……」

語尾がはっきりしなかったのは、選挙の結果を予測してなのだろう。当選が難しいことを、瑞紀もわかっているのだ。

しかしながら、次の選挙でまた頑張ればいいなんて、無責任なことは言えない。康太郎は押し黙った。

無言のときが流れる。ふたりは言葉を交わすことなく、夜の山々を眺めた。

それでいて、不思議と気詰まりではなかったのである。気の置けない友達だった、中学高校時代のふたりに戻ったような気がした。

「……ごめんね」

瑞紀が唐突に謝る。康太郎は「え？」と彼女の横顔を見た。

「康太郎君、こっちに帰ったばかりだったのに、巻き込んじゃって」

「いや、そんなことは——」

「もっとゆっくりしたかったんだろうし、仕事もこっちで見つけるって言ってたじゃない。なのに、選挙運動で時間を取られちゃったんだもの。わたしのせいで」

最初から選挙協力を申し出ていた女性団体のメンバーとは異なり、康太郎は知った間柄であることと経歴を見込まれ、スタッフに加わったのだ。そのことを、瑞紀は負い目に感じていたらしい。

だが、麗子の色仕掛けに引っかかったところはあるにせよ、康太郎が協力したのはそれだけが理由なのではない。純粋に瑞紀を応援したかったし、力になりたかったのだ。

「おれは巻き込まれたなんて思ってないよ」

康太郎は静かな口調で答えた。

「瑞紀が頑張っているのを見て、おれも何かしなくちゃいけないって気持ちにさせられたんだ。東京で十年以上も過ごして、何もできなかったからさ。今度こそ誰かの役に立ちたかったし、心から打ち込めるものがほしかったんだ」

「康太郎君……」

「おれはむしろ、瑞紀に感謝してるんだ。今日まで大変だったのは確かだけど、すごく充実していたし、結果がどうあれ、少しも後悔してないよ」

きっぱり告げると、瑞紀がこちらを見る。目が月明かりをキラキラと反射させていたのは、涙で潤んでいたからであろう。

「ありがとう……でもやっぱり、康太郎君を巻き込んだ気がするの。あのときといっしょで」

「え、あのときって？」

「……高校三年のとき」

はて、そんなことがあったろうかと、康太郎は首をかしげた。すると、彼女が思いがけないことを口にした。

「康太郎君が、わたしに付き合わないかって言ったじゃない。あのとき、すぐにＯＫしたのは、康太郎君を利用するためだったの」

「え、えっ？　どういうこと？」

訳がわからず混乱する。キスをしたいがために女友達を利用しようとしたのは、むしろこっちだというのに。

「わたしは進路ですごく悩んでて、文学部を受けたいけど、家のことを考えたら農学部かなって。あと、勉強のほうもやり方がわからなくなって、成績が落ちていたの」

「そうだったのか……」

「だから、康太郎君と付き合えば、進路のことも考えてもらえるし、勉強の仕方も教えてもらえるしって、要するに、全部頼ろうと思ってたの。ていうか、康太郎君を逃げ道にするつもりだったの。正直、どっちの学部を受けるかってことも、康太郎君が言ったとおりにしたのよ」

進路の相談をされ、自分のやりたいことが学べる学部に入るべきだと伝えた気がする。それで彼女は、文学部を選んだのか。

「だけど、そのうち、そんな自分が卑怯だって思えてきたの。大切なことを、自分じゃなくて他人に決めさせるのは間違ってるって。勉強方法だって、相応しいやり方を自分で見つけるべきなのに、康太郎君に頼りっぱなしだったじゃない。そう思ったら、だんだん康太郎君に会うのがつらくなってきたの。自分の都合で付き合って、受験勉強の大切な時間を奪ったわけだから」

「いや、それは」

「だから大学に入ったあと、連絡できなくなったの。結局転部しちゃって、康太郎君のアドバイスを無意味にしたせいもあったし」

瑞紀がため息をつく。すべて打ち明けてすっきりした様子ながら、自身を責める気持ちはそのままなのだ。

ここで再会したとき、瑞紀が気まずそうにしていたのを、自分のせいなのだと康太郎は受け止めた。ところが、彼女のほうも後悔と罪悪感にかられていたなんて。

「ごめんね、本当に」

もう一度謝られて、康太郎はいよいよ居たたまれなくなった。

「違うんだよ、瑞紀」

「え、違うって？」

「瑞紀を利用しようとしたのは、おれのほうなんだ」

康太郎は包み隠さず懺悔《ざんげ》した。キスやセックスを経験したいがために、瑞紀と付き合ったことを。一緒にいるときもそんなことばかり考えて、話をまともに聞いていなかったこともすべて。

「だから、謝らなくちゃいけないのは、おれのほうなんだよ。アドバイスだって、真剣に考えて言ったわけじゃなかったんだ。瑞紀を抱きしめたい、キスしたいって、そんなことばかり考えていたんだよ」

告白が終わると、また静けさが訪れる。それは決して穏やかな時間ではなかった。

(絶対に怒ったよな……)

無言の圧力を感じる。瑞紀はこちらを向かずに俯いていた。怒りがひしひしと伝わってくるようだった。

進路選択に迷い、彼女が誰かに縋《すが》ろうとしたのは事実であろう。そんなのは恥ずべきことでも何でもない。誰だって、ひとりでは生きていけないのだから。

そもそも、康太郎が欲望本位で交際を求めなければ、彼女が苦しむきっかけを与えずに済んだのである。

(そうさ。悪いのはおれなんだ)

罪悪感と自己嫌悪が、肩に重くのしかかる。いよいよ押しつぶされそうになったところで、

「……つまり、おあいこってこと？」

拍子抜けするぐらいに軽い口調で、瑞紀が言う。

「え？」

「わたしたちって、似たもの同士なんだね」

こちらを向いた彼女が、白い歯をこぼしたのがわかった。

肩に乗っていた重しが、すっと軽くなる。ただ、あまりに脳天気な解釈に、康太郎は戸惑うばかりであった。

「いや……怒ってないのか？」

恐る恐る訊ねると、瑞紀が「んー」と考え込む。

「怒るっていうか、わたしたちって、ふたりとも取り越し苦労をしてたわけじゃない。お互いに、相手を傷つけたんじゃないかって心配して」

「まあ、それは……」

「そんなところも似てたからウマが合って、仲良くなれたんだね、きっと」

そうやって笑い話みたいに済ませていいのだろうか。康太郎は釈然としなかった。

「だけど、そっか……あのとき、康太郎君はわたしにキスしようとしたんだね」

「うん……わからなかったのか？」

「わたし、そういうことには鈍いから。男の子の気持ちなんて、全然わからないもの。だから結婚だって、お見合いで相手を見つけるしかなかったのよ」

ということは、あれ以来、異性と交際した経験はなかったというのか。結婚を経験しても、恋人と呼べたのは康太郎ひとりということになる。

「あのときは、康太郎君の目がすごく真剣だったから、怖くなったの。康太郎君はわたしのことをこんなに想ってくれているのに、わたしは利用していただけなんだもの。それで余計に気まずくなったの」

そのため、互いに距離を置くようになったのか。てっきり下心がバレて、避けられたと思ったのに。

（なんだよ、それ……）

著しい脱力感に苛まれる。瑞紀は取り越し苦労と言ったが、それ以上に独り相撲というか、へとへとになるまで大騒ぎをして何も残らなかったみたいな、無駄な時間を過ごした気分であった。

しかも、かなり長いあいだ後悔を引きずっていたのだ。そのせいで、お互い様みたいな気持ちになれなかったのである。

ところが、瑞紀は違ったらしい。

「ようするに、わたしたちっていい関係だったんだね」

「え、どうしてだよ？」

「だって、行き違いはあったけど、ちゃんと相手のことを思いやれたんだもの。自分の我《わ》が儘《まま》を押し通すことなく、反省だってしたんだし」

「まあ、それは……」

「それってつまり、お互いを成長させられたってことじゃない。そういう人間関係が一番理想的だって、わたしは思うけど」

こいつ、こんなに楽天的だったのかと、康太郎はあきれた。それでいて、かつてなく気持ちが楽になったのも確かである。

「あと、わたしにとっては、うれしいこともあったわ」

「何がだよ？」

「わたしとキスやエッチをしたかったたってことは、康太郎君は、わたしのことを女として見てくれてたんだね」

これもまた、理解に苦しむ発言であった。

「それのどこがうれしいんだよ」

「あのね、離婚したとき、わたしだってけっこう傷ついたんだよ」

またも話が飛ぶ。どうもついて行きづらい。

「いや、それは当たり前だろ。結婚したのに、うまくいかなかったんだから」

「そういうことじゃなくて。あのね、わたしに女としての魅力がなかったから、旦那は逃げたんだってずっと思ってたの」

「はあ？」

「何年も連れ添って、性格とか価値観の違いがわかった上でっていうのなら、まだ納得できるわ。だけど、たった二年じゃ、そこまで相手を理解できないはずよ。おまけに、旦那は十歳も上だったの。わたしは二十代で、まだ若かったのに逃げられたのよ。つまり、若いだけで魅力がなかったってことになるじゃない」

やるせなさげな口調は、本当にそう思っていることの表れであった。

「そんなわけないだろ」

康太郎は憮然とした思いで否定した。

「え、どうして？」

「麗子先輩が言ったとおり、そいつは瑞紀が頑張っているのを見て、引け目を感じたんだよ。要するに、自分が瑞紀に釣り合わないとわかって逃げたのさ」

「どうしてそんなことが言い切れるの？」

「瑞紀が魅力的な女だからだよ」

言ってから、頬が熱く火照《ほて》る。おそらく真っ赤になっているはずだが、月明かりではそこまでわからないだろう。

「魅力的だからこそ、おれは瑞紀とキスしたかったんだし、それ以上のことだってしたかったんだ」

「……それ、本当なの？」

「こんなこと、嘘や冗談で言えるかよ」

ぶっきらぼうに告げたのは、照れくさかったからだ。すると、瑞紀がぼそっと訊ねる。

「……今も？」

「え？」

「今のわたしも、魅力的だと思う？」

「当たり前だろ」

即答できたのは、事実だったからである。選挙運動中も彼女のそばにいて、何度胸をときめかせたことだろう。

瑞紀が黙りこくる。ナンパ野郎みたいな軽い発言にあきれ返り、今度こそ気分を害したのではないかと危ぶんでいると、

「いいよ」

やけに掠れた声が聞こえた。

「え？」

「今ならいいよ。キスしても」

高校時代、結局未遂に終わったことを、やり直してもかまわないというのか。

「いいのか？」

問いかけに、返事はなかった。だが、月明かりの下で、彼女が瞼を閉じているのがわかった。

今度こそ迷っちゃいけない。康太郎は瑞紀ににじり寄ると、両手で肩を摑んだ。甘酸っぱい香りが鼻腔に忍び込む。彼女の汗と、吐息の匂いだ。それに惹きこまれるように、康太郎は唇を重ねた。

「ん……」

小さな声が洩れる。けれど、抵抗はない。

肩の手を背中に回し、柔らかなからだを抱き寄せながら、ふにっとした唇を吸う。顔を傾け、さらに密着させると、舌を差し入れた。

ピチャ——。

ふたりの舌が戯れ合う。途端に、甘美な震えが全身に行き渡った。

(おれ、瑞紀とキスしてるんだ)

それは、十年以上のもの年月を経て、ようやく交わされた情愛の誓いでもあった。

3

ふたりはブルーシートに身を横たえた。互いのからだをまさぐり、じゃれ合うようにくちづけを交わした。

（夢みたいだ）

高校生だったあのときも、こんなふうに親密にふれあいたかったのだ。それがようやく叶ったのである。

麗子とキスをし、交わったときも、夢が実現した気分を味わった。けれど、そのと
きとは明らかに異なる。あれは先輩と後輩という立場で、女体やセックスを教えられ
たに過ぎなかったのだ。

けれど今は、ふたりとも対等の立場で心を通わせ、互いを求め合っているのである。

「ふう……」

何度目かのくちづけのあと、瑞紀が感極まったふうに息をつく。

「どうかしたのか？」

「キスって、こんなに気持ちいいものだったんだね」

「なんだよ。知らなかったのか」

「だって、本当に好きなひととキスをするのって、初めてなんだもの」

見合いで結婚した夫とも、当然唇を交わしたのであろう。だが、気持ちは通じ合っ
ていなかったらしい。もしかしたら、夫はそのことを察して、一緒にいられなくなっ
たのかもしれない。

そう考えると気の毒なようながら、おかげで自分は、瑞紀と再び交流が持てたのである。結婚生活がうまくいっていたら、彼女だって町長選への出馬など考えなかったであろうから。

「気持ちいいのはキスだけじゃないぞ」

「え？」

「高校生のときにしたかったことを、今からするからな」

瑞紀は返事をしない。何をするつもりなのか、様子を窺っているふうである。とは言え、もう子供ではない。結婚も経験したのだし、この先にある事柄など察しているはずだ。

拒まないのはイエスだと解釈し、康太郎は瑞紀のジャケットの前を開いた。ブラウスのボタンをはずしながら、ふと、デジャヴに似た感覚に襲われる。

（ああ、そうか）

すぐに思い出す。選挙事務所で、和香奈を抱いたときも同じことをしたのだ。

だが、異なっているところもあった。瑞紀のブラウスの下はブラジャーではなく、キャミソールタイプのインナーだったのである。

（なんか、瑞紀らしいな）

脱ぎ着しやすいという理由で選んだ気がして、ほほ笑ましく感じる。ホックをはずす必要がないのも有り難い。

康太郎はインナーの裾をボトムから引っ張り出し、鎖骨のあたりまで大きくめくりあげた。

ふるふると揺れながらあらわになった乳房は、かなり柔らかいらしい。仰向け状態では、高さがあまりなかった。

ただ、乳首は存在感がある。月明かりに照らされ、乳暈の上に影をのばしていた。陰影を際立たせる突起を摘まみ、くにくにと圧迫する。

「もう……」

瑞紀がやるせなさげにこぼす。恥ずかしいというより、おいたをする子供を咎めるみたいな口ぶりだ。

ただ、快感は相応にあるようだ。女らしく張り出した腰が、もどかしげにくねっている。

あらわになった胸元からたち昇るかぐわしさに、康太郎はうっとりした。高校生のときに、彼女の近くで嗅いだ甘い香りと同じ気がした。

「瑞紀はいい匂いがするな」

つい正直に言ってしまうと、それまで比較的冷静だった美貌に焦りが浮かぶ。

「いい匂いって――あ、汗くさいだけよ」

半日も選挙運動をしたあとなのである。今日は着替えもできず、ブラウスもインナーも汗で湿っていた。

けれど、ただ汗くさいのとは絶対に違う。

「本当にそう思うのか？」

「え？」

「だったら、おれも汗くさいってことだよな」

すると、瑞紀が胸元に顔を寄せてくる。馬鹿正直に確認しようとしてか、クンクンと鼻を鳴らした。

「どうなんだ？」

「うん……汗の匂いはするけど、嫌いじゃないわ。むしろ好きかも」

「おれも同じなんだよ。好きな女の匂いを、くさいなんて思うわけないだろ」

「……そういうものなの？」

「ああ、高校生のときだって、おれは瑞紀の匂いを嗅いで、たまらなくなったんだからな。今だって、あのときと同じ匂いがするよ」

あとで秘部の匂いを嗅いでも非難されないよう、あらかじめ理解を求めたのである。ところが、

「罪な女なのね、わたしって」

彼女がつぶやくように言ったから、本当に理解したかどうか定かではない。

(どうも調子狂うな)

自分のペースを取り戻すべく、康太郎はなだらかに盛りあがった乳房の上に顔を伏せた。乳頭を唇で挟み、チュッチュッと吸う。

「くぅーン」

瑞紀が甘える声で喘いだ。

クリクリと硬くなった乳首は、わずかな塩気と、ミルクの風味が感じられた。母乳の成分は汗と同じだと聞いたことがあるから、汗がミルクのように感じられても不思議ではない。

(女性の甘い香りの源泉は、おっぱいなんだな)

決めつけて、左右の突起を行き来し、満遍《まんべん》なく味わう。口をつけないほうは、指で愛撫した。

「あ……うう、むふふふぅ」

艶めいた喘ぎが、夜の静寂を打ち破る。間違って肝試《きもだめ》しに来る者がいたら、幽霊の声と間違えるであろう。

（心霊スポットって、実は青姦スポットなのかもな）

どうでもいいことを考えつつ乳首ねぶりを続け、手を下半身へとのばす。手探りでパンツの前ボタンをはずし、ファスナーをおろした。

「あ、待って」

突然、瑞紀が我に返ったような声をあげたものだから、康太郎はギョッとした。

「え、どうしたんだ？」

おっぱいから顔をあげると、彼女が身を起こす。「ここに寝て」と、康太郎をブルーシートに仰向けで寝かせた。

（いったいどうしたんだ？）

それまでおとなしく受け身になっていたものだから、いきなりの変化に戸惑う。

瑞紀は康太郎のベルトを弛め、ズボンの前も開いた。脱がせられるとわかり、尻を浮かせて協力すると、ブリーフごと奪われる。

戸外で下半身すっぽんぽんになるのは、さすがに心許ない。もっとも、こんなところに来る者はいないだろうし、仮にいても、夜だから遠目ではわかるまい。

そう自らに言い聞かせたとき、猛る分身を握られた。

「ううう」

指の柔らかさがじんわり浸透するようで、たまらず呻いてしまう。しかし、

「ああ、よかった」

安堵の声に（え？）となる。

「何がよかったんだ？」

訊ねると、嬉しそうな返答があった。

「だって、ここが大きくなってるってことは、康太郎君がわたしを求めている証拠じゃない。ひょっとしたらイヤイヤしてるんじゃないかって、心配だったの」

自分に魅力がないと思い込んでいたため、そんなことが気になったのだろうか。

「イヤイヤなわけがないだろ。おれは瑞紀とキスしたときから、そこが大きくなってたんだからな」

「うん……すごく硬い」

手筒をニギニギされ、悦びがふくれあがる。康太郎は喘ぎ、腰をくねらせた。

「じゃあ、高校生のときも、わたしといっしょのときにこうなったの？」

さすがに正直に答えるのははばかられる。だが、彼女に嘘や誤魔化しは通用しない

気がした。

「そうだよ。いつもじゃなかったけど」

「だったら、言ってくれればよかったのに」

またも理解に苦しむことを言われて面喰らう。日常的にペッティングをしているカップルならいざ知らず、キスすらもしたことがないのに、何ができたと言うのか。

「言ったら、どうしたっていうんだよ？」

「それは——わからないけど……」

思いつきで口にしただけらしい。やれやれとあきれたとき、屹立の穂先が濡れ温かなものに包まれた。

（え？）

焦って頭をもたげれば、瑞紀が亀頭をすっぽりと頬張っていた。

「お、おい」

声をかけるなりチュウと吸われ、後頭部を殴られたみたいな衝撃が走る。

「むはッ」

康太郎はブルーシートに頭を戻し、裸の下半身をピクピクと震わせた。

最初は遠慮がちだった舌づかいが、次第に大胆になる。粘膜を磨くように蠢き、敏感なくびれをチロチロとくすぐった。

「ああ、あ、ううう」

腰の裏が甘く痺れ、快さに目がくらむ。両脚をだらしなく開くと、陰嚢にも手を添えられた。

（ああ、こんなのって）

牡の急所も優しく揉まれ、快感が否応なく高まった。

このまま絶頂に導かれてもおかしくなかった。それを回避できたのは、康太郎自身、素直に悦びを享受できなかったからだ。

なぜなら、股間全体が汗に蒸れ、強烈な男くささを発しているとわかっていたからである。さすがに恥垢《ちこう》は溜まっていないにせよ、汚れていたのは確実だ。

（駄目だ……そんなところを舐めたら）

申し訳なくてたまらない。快感と罪悪感がせめぎ合って、頭がおかしくなりそうだった。

そんな乱れる男心などおかまいなく、瑞紀は陰嚢と接する腿の付け根部分、もっともジメジメして匂いが強いところにまで、指を差し入れたのである。しかも、これでは痒いだろうと思ったか、掻いてくれたのだ。昨日、和香奈のブラジャーの痕を、康太郎が掻いたみたいに。

それが妙に気持ちよくて、康太郎は分身をビクビクと脈打たせた。ここまで奉仕してくれるなんて、自分は天使と巡り会ったのかと、涙ぐむほど感激する。

とは言え、羞恥心はそれ以上に大きかった。

「ふう」

ペニスを解放して、瑞紀がひと息つく。唾液に濡れた強ばりを、愛でるようにしごいた。

「気持ちよかった？」

康太郎は「うん」とうなずいたものの、どうしても問いかけずにいられなかった。

「だけど、平気なのか？」

「え、何が？」

「おれのそこ、汚れてたし、くさかっただろ」

何のことはない。麗子に和香奈、それからさっき瑞紀に言われたのと、ほとんど同じ台詞ではないか。

「どうして？　康太郎君、さっき言ったじゃない。好きなひとの匂いが、くさいはずないって」

たもの」

「わたしは、康太郎君のオチンチンの匂いが大好きだよ。だって、康太郎君が大好きだから。味だって、ちょっとしょっぱいのも気にならなかったし、すごく美味しかった」

「いや、それは……」

帰郷して以来、女性たちを辱めた報いを受けているようで、康太郎は居たたまれなかった。それでも、そっちがそうならとお返しを企てるあたり、反省が足りないようである。

「それじゃあ、今度はおれの番だな」

「え？」

「ここに寝て」

瑞紀を仰向けにさせると、康太郎はさっそく下半身の衣類に手をかけた。すでに脱がせるお膳立てはできていたのであり、中の下着ごとボトムを引き下ろす。

瑞紀は抵抗しなかった。次はそうされるものと、わかっていたのだろう。

月明かりに照らされる女体は、幻想的なエロティシズムを感じさせた。上半身もはだけられているから、ほとんど全裸のようなもの。肌の白さが際立ち、中心に逆立つ叢《くさむら》をくっきりと浮かび上がらせる。

「すごく綺麗だ」

感動を込めて告げると、瑞紀が「いやぁ」と恥じらう。脱がされるのは想定済みでも、羞恥心まで失ったわけではないのだ。

彼女の膝に両手を添え、左右に開く。秘められたところが外気に触れたものの、影が濃くて佇まいまでは確認できなかった。

ならばと、その部分に顔を近づけたとき、

「何をするの？」

瑞紀が震える声で問いかけた。

康太郎は返答に窮した。さすがにアソコを舐めるだなんてあからさますぎて、言えなかったのである。

そのため、少し考えてから、

「瑞紀の大切なところにキスするよ」

と、いくらかロマンチックな表現で答えた。

「だったら、お願いしてもいい？」

「え、なに？」

「ちょっとだけにしてほしいの」

「どうして?」

「だって……恥ずかしいもの」

羞恥を前面に出され、康太郎はずるいと思った。彼女は今し方、洗っていないペニスをしゃぶり、その正当性を主張したのである。まったくフェアではない。

「だけど、瑞紀だって——」

反論しようとしたものの、彼女の目が潤んでいたものだから言葉をなくす。

「べつに今だけじゃなくて、わたしはさっきから、ずっと恥ずかしかったの。でも、康太郎が好きだから我慢してたんだよ。だから、お願い」

初めて付き合った女の子に、そんな可愛いお願いをされて、拒める男がいるだろうか。たとえあれから長い年月が流れ、お互いに大人になっていたとしても。

「わかったよ」

康太郎は渋々うなずいたものの、胸の内では、まだ何とかなると思っていた。完全に拒まれたわけではないから、口をつければあとはイクまでと、そんな展開を思い描いていたのである。

「それじゃ、するよ」

「うん……」

開かせた脚のあいだに膝をつき、身を屈める。恥叢が描く影の狭間に、濡れ光るものが見えた気がした。

ふわ――。

ミルクを極限まで煮詰めたような、悩ましい匂いがたち昇ってくる。酸味はそれほど感じられず、わずかに磯くささが混じっていた。

（これが瑞紀の……）

これまでに嗅いだ、どの女芯よりも好ましい。それだけ彼女を愛おしく思っているからなのだと、素直に納得できた。

さらに接近すると、叢が鼻先に触れる。そこからは石鹸の香りがした。

（ああ、素敵だ）

女らしく清涼なフレグランスに、胸がはずむ。そして、いよいよ唇がクレバスに触れるなり、

「も、もうやめて」

瑞紀の泣きべそ声が聞こえた。

（え、もう？）

当然ながら、康太郎は不満だった。キスどころか、触れるか触れないかぐらいの接

触だったのである。

（ええい。べつにかまわないさ）

舌を差し出し、敏感なところを舐めようとすると、

「ねえ、お願い」

またも悲痛な訴えがあった。

「わたし、本当に恥ずかしいの。恥ずかしくて死んじゃいそうなの。これ以上されたら、わたし、康太郎君のことを嫌いになるかもしれない」

そこまで言われては、引き下がるしかない。何よりも瑞紀に嫌われたくなかった。

（あ、そうか）

康太郎は不意に悟った。麗子や和香奈の秘部を、抵抗されてもねぶり続けたのは、欲望が先に立っていたからだと。それこそ、あとはどうなってもいいと開き直れるほど、劣情に駆られていたのである。

だが、瑞紀は違う。大切にしたいのは、彼女との関係なのだ。それが壊れてもかまわないなんて、絶対に思わない。

愛しいひとの秘苑から離れ、半裸の彼女に身を重ねる。間近で見つめ合うと、黒くて深い瞳に吸い込まれそうだった。

「……ありがとう」

瑞紀が礼を述べる。

「え？」

「わたしの我が儘を聞いてくれて」

べつに我が儘とは思わない。むしろ、こちらの求めを精一杯汲んでくれたのだとわかって、胸が熱くなった。

「それから、ごめんね」

「え、何が？」

「さっきのは嘘」

「嘘って……」

「わたし、康太郎君のこと、絶対嫌いになんてならないから」

健気な約束に情愛がこみ上げる。康太郎は彼女に唇を重ね、思い込めたキスをした。

「ん……ンふ」

「ふぁ、あむ」

ふたりの息づかいと、舌が交錯する。ピチャピチャと舐め合い、互いの肌をまさぐった。

瑞紀の手が、牡の強ばりを捉える。ふたりは自然と結ばれる体勢になった。けれど、すぐさまひとつにはならない。

「ううン」

彼女は眉根を寄せ、肉槍の尖端を自身の恥割れにこすりつけた。

「あん……いやぁ」

悦びに声を震わせたから、愛液の湧出を促し、潤滑するつもりなのだ。

(おれが舐めてあげたら、もっと濡れてたのに)

今さらそんなことを考えてもしょうがない。

「ちょっと貸して」

瑞紀の指をほどかせると、康太郎は自分でペニスを握った。

「あ、えと、まだ――」

彼女が怯えた顔を見せたのは、ちゃんと濡れていないのに、いきなり挿入されるのではないかと危ぶんだからだろう。

「だいじょうぶ。心配しないで」

優しく声をかけ、亀頭を手探りで女芯にこすりつける。

「あ、あっ」

瑞紀が身を震わせ、切なげに喘ぐ。自分でするよりも、してもらうほうが快いようだ。

「気持ちいい？」

訊ねると、「いやあ」と恥じらいつつも、

「うん……気持ちいい」

素直に認めるのがいじらしい。

間もなく温かく粘っこいラブジュースが滲み出て、粘膜同士がヌルヌルとすべる。

康太郎もムズムズする快さにひたった。

（おれ、これから瑞紀とするんだ）

高校三年の時とは違い、体験することが目的なのではない。想いを交わした女性と、初めてひとつになるのである。

ピチャピチャ……。

こすれ合うところが、卑猥な粘つきをこぼす。だいぶ高まってきたようで、瑞紀は息づかいをせわしなくした。

「うう、も、もういいわ」

準備が整ったことを、呻くように告げる。

(だいじょうぶかな?)

確認するべく、康太郎は亀頭を窪みにめり込ませた。けれど、すぐ関門にぶつかる。

(もうちょっとかも)

めり込ませたところで秘茎を上下に動かすと、より温かな蜜汁が溢れてきた。

「あ、ああ、感じる」

瑞紀が裸身を波打たせる。柔乳がたふたふと上下左右に揺れた。

もう一度侵入を試みると、さっきよりも深く入り込む。入り口がだいぶこなれた感じがあった。

ならばと筒肉の指をほどき、今度は腰を前後に振った。すぐに挿《い》れるのではなく、小刻みな動きで膣口をツンツンと突いたのである。

「あ、あ、あう」

悩ましげに悶える彼女は、すぐにでも挿れてもらいたそうだ。それでも焦ることなく、自然と迎えてくれるのを待って突き続けると、
ぬるん——。

狭まりが開き、肉根が蜜穴に入り込む。

「ああっ!」

瑞紀がのけ反り、嬌声をほとばしらせた。

たっぷりと濡れた洞窟は、陽根を奥まで迎え入れる。ふたりの陰部が重なり、一体となった。

「入ったよ」

告げると、「うんうん」とうなずく。彼女は両脚を掲げ、康太郎の腰に絡みつけた。まるで、二度と離すまいとするかのごとく。

「大好きだよ、瑞紀」

「わ、わたしも」

ふたりはくちづけを交わした。ようやく結ばれた感激を伝えあうように、舌を深く絡ませる。

その間も、康太郎は小刻みに腰を動かしていた。

(ああ、気持ちいい)

上も下もしっかり繋がることで、快感がふくれあがる。ひとつになっただけでなく、身も心も溶け合うようだった。

「ふは──」

唇をはずすと、瑞紀が大きく息をつく。濡れた目で康太郎を見つめ、泣き笑いの顔を見せた。

「わたしたち、しちゃったね」

「うん」

「もう離さないよ。いい？」

「もちろんさ」

康太郎は腰の振れ幅を大きくした。熱く蕩けた奥を、リズミカルに突く。

「ああ、あ、あん、感じるぅ」

ハッハッと息づかいを荒くして、瑞紀が腰をくねらせていく。面差しが淫らに歪んだ。

「瑞紀の中、すごく気持ちいいよ」

「いやぁ、こ、康太郎君のオチンチンだってぇ」

「どんなふうにいいの？」

「それは……バ、バカ」

「ちゃんと言わないとやめちゃうぞ」

「うう……意地悪」

彼女は逡巡したあと、口早に告げた。

「か、硬いのが中で動いて、ムズムズするのぉ」

あられもないやりとりに感情が昂る。ふたりは一緒に上昇した。

「瑞紀、おれ、もう」

終末が迫り、康太郎は息を荒ぶらせた。射精しそうだと、瑞紀のほうも悟ったようである。

「な、中は──」

安全日ではないらしく、表情にためらいが浮かぶ。それを目にするなり、康太郎は積もり積もった思いの丈を告げた。

「瑞紀、結婚しよう」

「え？」

「おれ、瑞紀の農業を手伝うよ。経験がないから、最初はうまくいかないかもしれないけど、頑張って仕事を覚えるから」

「康太郎……」

「ふたりでいっぱい作ろう。お米も野菜も、それから子供も」

瑞紀は感激の面持ちで涙ぐみ、首っ玉にしがみついてきた。

「うん。わたし、康太郎と結婚する」

「それじゃあ、このまま中に出すぞ」

「うん。いっぱい出して」

気ぜわしい抽送で女芯を抉れば、歓喜の波が全身を包み込む。頭の中に薄桃色の靄《もや》がかかり、何も考えられなくなった。

あとは本能のままに、絶頂への階段を駆けあがる。

「ああ、ああ、出るぞ。出る。いく――」

「わ、わたしも……あああ、お、おかしくなるぅ」

ふたりのからだが、ブルーシートの上でガクンガクンと跳ね躍る。その姿を、月光がスポットライトのごとく照らした。

「うう、あ、瑞紀ぃ」

「イクイク、イッちゃうぅううっ！」

エクスタシーにのけ反る女体の奥に、激情のエキスが放たれる。

山の畑のそばで、愛しいひとに子種を蒔《ま》く。豊かな土地に多くのものが実ることを、康太郎は心から願った――。

＊

奥山町の町長選挙は、現職候補が早々と当選確実を決めた。

結果は落選だったものの、瑞紀は当初見込んでいた票数の倍以上を得た。立派に善戦したと言えよう。

選挙が終わってしばらく経った頃、奥山町が再び衆目を集めることになった。なんと、現職陣営によるウグイス嬢への報酬過払いが発覚したのである。しかも、最初から違法な金額が提示されたことを、当のウグイス嬢自身が告発したのだ。

これについては、康太郎は鈴音から、事前に電話で連絡をもらっていた。

『ウグイス嬢は、もう引退するつもりなの。そろそろ子供がほしいから。それに、不正を告発するようなウグイス嬢は、二度とお呼びがかからないだろうし、ちょうどいいわ』

彼女は当初からそのつもりで、現職側の依頼を受けたという。当選させるためではなく、失職させるつもりで。

『本当は、あなたたちを応援したかったんだけど、いくら頑張っても結果は見えてるじゃない。だから、別の方法で助けることにしたのよ』

そう言ってから、鈴音はウグイス嬢を断った件を謝った。もちろん康太郎は、ありがとうございましたと礼を述べたのである。

捜査が進み、有罪が確定して失職する前に、町長は自ら引退を宣言した。町政に混乱を招いたことを詫び、もう出馬はしないとも述べた。

なお、彼の引退は、孫娘に説得されて決意したというのが、もっぱらの噂である。真偽のほどは定かではないが、康太郎はきっとそうだと信じている。

かくして、奥山町の町長選挙が、再び行われることになったのである。

「瑞紀はまた出馬するの？」

康太郎が問いかけると、彼女は「んー」と首をかしげた。

「したい気持ちはあるけど、現実問題として無理だわ」

そう言って、大きなお腹を撫でる。中には新しい命が育まれていた。

「ま、たしかにそうだね」

「ねえ、だったら、康太郎が立候補すれば？」

「え、おれが？」

「もともと政治家志望だったんじゃない。それに、康太郎が町長になったら、奥山町はもっとよくなると思うし。農政だって、変えてほしいことがたくさんあるのよ」

「そうだな……」

「ね、そうして」

愛する妻の笑顔に応援され、黙ってうなずく。康太郎の目の前には、進むべき道が真っ直ぐに拓《ひら》けていた。


（了）

＊本作品はフィクションです。作品内の人名、地名、団体名等は実在のものとは関係ありません。

長編小説
人妻《ひとづま》とろめき選挙《せんきょ》
橘《たちばな》 真児《しんじ》

2020年7月4日　初版第一刷発行

ブックデザイン……………………　橋元浩明(sowhat.Inc.)

発行人………………………………………後藤明信
発行所………………………………株式会社竹書房
〒102-0072　東京都千代田区飯田橋２－７－３
電話　03-3264-1576（代表）
03-3234-6301（編集）
http://www.takeshobo.co.jp
印刷・製本……………………中央精版印刷株式会社

ISBN978-4-8019-2299-0　C0193